母から娘へ
娘から母へ

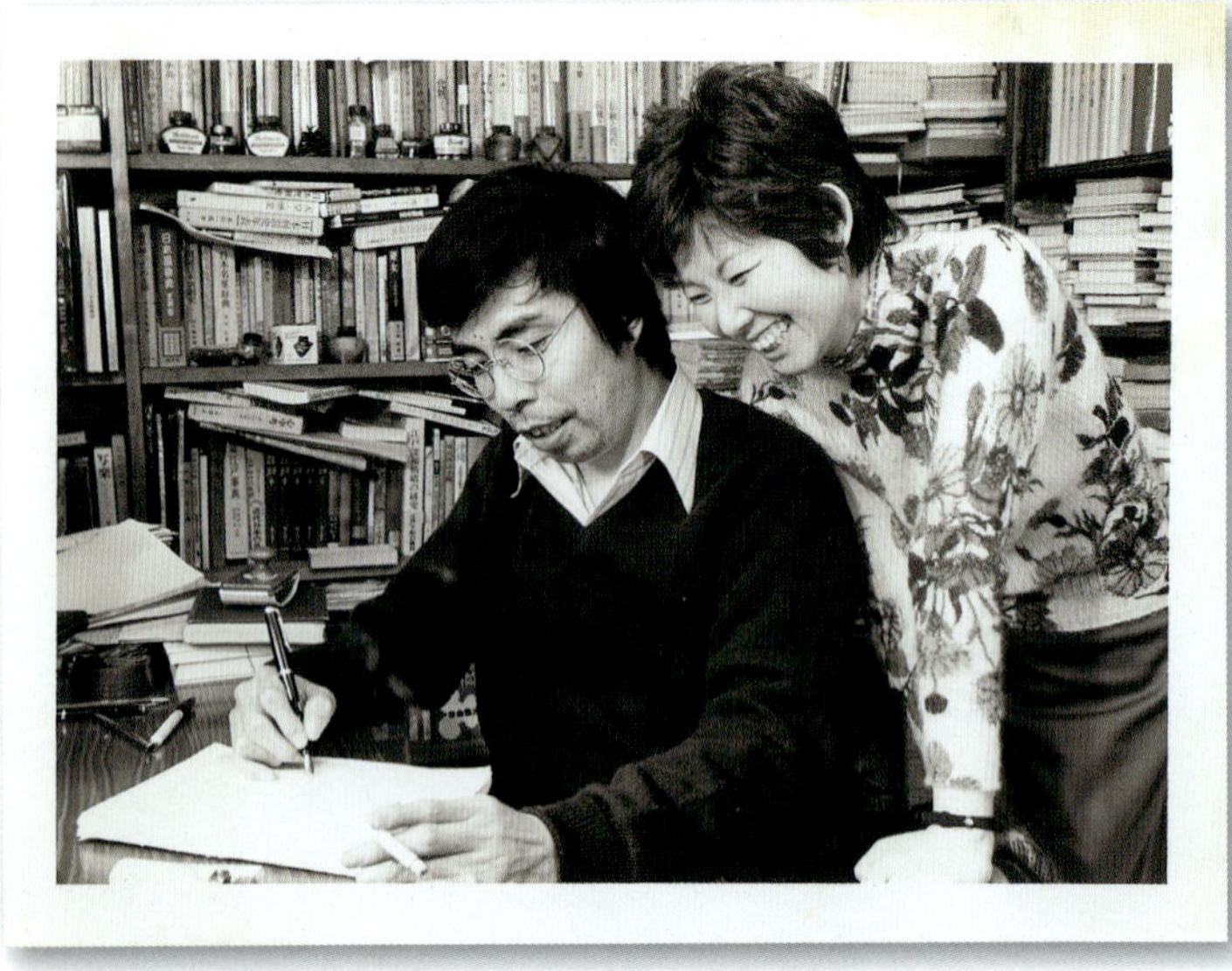

築いた歴史を消すことなどできないし、消せるものでもないのだ
1977年頃。自宅書斎で執筆中の元夫・井上ひさし氏と著者（西舘好子）。

父は被写体を私たちにしてよく写真を撮ってくれた
父の書斎の壁に貼り付けられていたお風呂に入る子供たちの写真。
手前右から著者（井上麻矢）、左が次女の綾、奥が長女の都。左の写真は麻矢。

もう二度と手に入ることのない記憶という大切なもの
1974 年頃。千葉県市川市の自宅玄関にて。写真上から父、都、綾、麻矢。

女にとって結婚、離婚、再婚、
子供、両親とはなんだろうか

女にとって夫とはなんだろうか

西舘好子
井上麻矢

KKベストセラーズ

本書は書き下ろしです。

はじめに

結婚は判断力の欠如
離婚は忍耐力の欠如
再婚は記憶力の欠如

と言われるそうだが、その全部を経験している私からみれば、そのいずれも結果論にすぎない。人生幕を閉じるまでは答えなど出せはしない。

所詮《しょせん》一人では生きていないのだから、たくさんの人と交《まじ》わり関《かか》わりあって毎日は織《お》られていく。自分の人生が一人では決められないのが当たり前、だからこそ誰もが悩んだり間違えたりするのだろう。が、その中で誰かと寄り添《そ》える人にめぐりあえばオンの字というものだ。

この本の共著となった娘の麻矢も私と同じように結婚、離婚、再婚を経験した。しかも私より多い三度の結婚に挑戦し、いま五〇代に突入している。

現時点で私は彼女の原稿をまったく読んでいない。

何事にも相当手厳しいだろうなあ、と予測はしているが、なりふり構《かま》わず二人の娘を育てた姿をずっと見つづけてきたせいか、まあ、やわな生き方ではなかったのだから母である私への厳しさも仕方あるまい、何をどう書かれてもと覚悟している。

私と麻矢の違いは、両親にあたる私たち夫婦の離婚がまったくうかがい知れない事件としてあったのに反し、麻矢は自分の幼い娘たちに離婚の実態を洗いざらい見せてきたことだ。

私たち夫婦の離婚が彼女の反面教師になったのかもしれない。

親の蚊帳《かや》の外におかれ、離婚への不信感をわが娘たちにはさせないという信念が麻矢にはあったのだろう。

麻矢の最初の離婚はあっという間のことだったが、以後、母子家庭の柱になった彼女が口を真一文字に結んでうんうんうなりながら子どもを育てるため働いてきた。

どうやら最後まではつづかずもらえなかった娘たちの養育費、子からは、父親の影は遠くなり、厳しい現実の中で何度も職業を変え、大泣きしながら子育てしていく姿を私も見てきたが、麻矢はなぜかいつも幼かった娘たちといっしょだった。

恋人ができてもいっしょに連れ歩き、喧嘩《けんか》の現場も見せ、旅も子連れだった。

麻矢の長女は従順に母に従い、驚くほどの賢さで幼い時から家庭を切り盛りし、母を擁護したが、次女は長女と違い、赤ちゃんの時から自分を主張する子で母親の配偶者《はいぐうしゃ》になる人にはことごとく反抗してきた。妻となる人の連子とはうまくいかず、去って行った人もいたが、しかし、母娘の絆《きずな》の強さはそんな、生活の中からつくられたものなのだ。

麻矢と私には孫にあたる娘二人の母娘三人の家庭が明るかったのは、最低である自分の姿も麻矢自身が娘たちにさらけ出したせいだという気がしている。泣きわめく、理不尽ともいえる我を通し、しかし娘二人を何より優先し可愛がる、その姿をみて飾りもかなぐり捨てた母親を二人の娘たちは幼いながらも守ろうとしたのだ。麻矢だけではない。祖母の私も二人の孫に励まされ、慰《なぐさ》められ、教えられ、生きてきた。

まったく異なる性格の娘二人は麻矢の生きざまに付き合うことで共《とも》に人生行脚をしてきたのだ。そのせいかいまでも壮絶な喧嘩や仲直りを繰り返している私と麻矢の仲裁役はたいてい孫たちだ。

「ママはいつも肝心なところで逃げる」というのが麻矢の私への決まり文句だが、そんな時は口に指を立てて、「何も言わない方がいいよ」と目で合図してくれるのも孫だった。

麻矢は娘たちを巻き込み、喜怒哀楽を共にした結果、人生の機微を娘たちに教えていたのかも知れない。

いま麻矢は、私が離婚をした年に近くなり、二人の娘も成人し、父の遺志を継いで劇団経営という仕事をし、三度目の結婚で私生活もようやく落ち着き始めたようだ。父親ほど年の離れた結婚相手は激しい愛ではなく慈愛に近い温かさで包んでくれているように私には見える。連れ子である二人の娘たちへの配慮も、距離感を保ちつつ、親身な関わりを見せてくれている。

良い人が隣に寄り添うまで何度結婚したっていいじゃないと麻矢を見てつくづく思う。

二人の娘たちは大きくなり、それぞれに自分の世界をつくり、私自身はいよいよ人生の黄昏《たそがれ》時《どき》に突入し始めた。八〇歳を前に正直身体には疲れを覚える。

還暦《かんれき》になったら自分のためにではなく人のために生きろといった父の言葉を金科玉条《きんかぎょくじょう》のように生きてきた私も、老いてますます盛んではなく、老いてますますアカンの心境となった。

しかし、ここで、一件落着といかないのが人生。

これからどんな苦難《くなん》の道が待っているかそれは誰にもわからない。

乗り越えられる意志と若さがあるうちは幸《さいわ》いだが、なんといっても身心共に若くはない。

私は短《みじか》し他人は長《なが》し。

私がこれからも打ち寄せてくるであろう人生の波を乗り越えられるとすれば、その都度《つど》直面するすべての事柄を「面白がる」ということしかないかもしれない。

それは私の人生に幕《まく》を下ろす時、「ああ、面白かった」の一言《ひとこと》で幕引きしたいという願望があるせいだろう。

私は私らしく、ここらで一区切りとスパッと終わりたいと思っているのだ。むろん、人生の立ち会い人として、娘たちにはぜひ見守ってほしいし、最後まで寄りそう母娘でありたいと思っている。

二〇一八年五月

西舘好子

第二幕

娘から母へ

——今、想う両親への感謝と謝罪

井上麻矢

第一幕

母から娘へ

――結婚、離婚で学んだ親子の絆

西舘好子

私が旅に出る理由

人は何かを忘れるために旅に出る……という。

私もそんな心境になった時、ふいに、気まぐれに、計画性もないまま日本を飛び出してしまう。本当は日本のどこかでもいいのだが、やはり、何回となく海外に行くうちに遠くの土地に心を遊ばせることの方が旅の醍醐《だいご》味《み》のように思うようになってきた。

仕事でなく、旅中はおいそれとは日本には帰れないと、区切りをはっきりつけないと、空《から》っぽになった脳には栄養がいかないような気もしている。

トランクは軽い方がいいのだが、外国では何が起こるか予測することもできないため、薬と薄くたためるダウンコートだけは忘れず入れることにしている。

いまのところトルコ、インド、ベトナム、韓国、中国など、あまり洗練された土地ではなく、人が多くごみごみと、雑然としていて、人間臭のあるアジアの、それも都会ではなく地方を選んでしまうのは、ひょっとすると私の生まれた浅草に回帰《かいき》しているのかもしれない。まさに人間のるつぼという場所が私の故郷と似ている。

どの国も国際航空のある表玄関は近代化されていてその国の裏の部分を見ることはできない。

買い物や観光目的ではなく、私は人間が当たり前に生活している場所にいて、その姿に触れたいのだ。現地に着けば、何より一人で自由に歩き回れることを優先している。

現地の言葉などまったくできない私は、寝場所であるホテルの住所と緊急の連絡先を書いたメモをバックに入れて歩き回る自己流の旅を考えた。鉄道よりバスは黙《だま》っていても乗りさえすれば往復が正確で行ったり来たりだから、一回《ひとまわ》りするつもりなら間違いなく乗った場所に帰ってくる循環バスがいいとおおらかに構えることにしている。

お金もないし、たいていバスや、列車。時刻表などまったく当てにもならない国内線の飛行機を利用することにしていて、これはスリル満点ということもままある。

インドの列車などは指定席になっていても、何の用もなさない。座《すわ》った者の勝ちで、おちおちトイレにも立てない。戻《もど》ればすでに他の人が座り、こちらもまた空《あ》いている席を点々としていくのだ。

ミャンマーでの国内線は六、七時間待つのは当たり前、おまけに乗ったら、乗客が立っているのに仰天《ぎょうてん》したしたこともある。政府の要人が急に乗車して、急遽《きゅうきょ》乗客は立ち席になるというものだ。航空法違反など目でないらしい。しかし、それも次第《しだい》に刺激的になってくる。やれやれと思う末にあきらめたり、次は何が起こるやらといった期待感は私の人生観と直結しているのだろうか。つまり慣れっこになった突発事故の連続の結果「人生どうせ何が起こるかわからない」という諦念《ていねん》によるものかもしれない。

子離れの儀式

「明日から旅に行く」

旅の前日にまず娘たちに連絡をする。

「どうしていつもそうなの」

「明日、突然にママが死んだと思えばいいじゃない」

それは極端な物言いだとはわかっているのだが。

「ママはいつも勝手、思い込めば、誰のことも心配すらしないで、ぱっといなくなる、そんなの良くない」

娘たちから見れば、どれほど無責任な母親なのか知れないのだが、私は薄情にも旅先では家族のことを考えたり、仕事のことを気にしたりはしないと心に決めている。

というもののそれこそ大きな強がりで、旅に行けば、娘や孫のことは頭から離れることなど実《じつ》はないのだ。旅には必ず家族を思う時間がある。いつか母親はいなくなる、子として覚悟しなければならないための予行練習だと、嘘《うそ》ぶいたり子離れの儀式として考えて、などと言うのだが、わが身を孤独の旅に投げ込むなど、まあ、そんな格好《かっこう》いいものではないことは確かだ。いまという時間からのまたは辛《つら》さからの逃避行《とうひこう》が正解かも知れない。

何が起こるかわからない旅の試練をふと思い出し、生きていることの不思議さをしみじみ考えることがある。しかし、その風景の中《なか》には必ず娘たちの姿があった。

ベトナムへの不思議な旅

あれはもう二三年も前になろうか。

あの時も「明日から出かけるわ」と突然に娘たちに連絡をした。行先はベトナム、ハノイとホーチミンを汽車で縦断《じゅうだん》する旅だった。

「ええ、明日行くの、なんでそんなところに、怖くないの」

その時も　三人の娘たちは同じ質問をして顔を曇らせた。

ベトナム戦争の終結の後《あと》のこととはいえ、まだその爪痕《つめあと》があちらこちらベトナム全域に残っていた時期だ。その頃《ころ》、私の生活は最低で、金なし、家なし、仕事なし。ないない尽くしの日常だったのでまさに旅は辛い日常からの一時的な脱出だった。

どう辛かったのかの記憶がまったくないのは不思議だが、あの頃どこに住んでいたのかさえ思い出せない。死んだらどんなに楽だろうといったことが頭から離れなかったことだけは、なぜか鮮明にいまも覚《おぼ》えている。ただ、頭の隅《すみ》ではどこかで新しい人生に踏《ふ》み出すにはどうしたらいいいか、などと漠然《ばくぜん》とは考えていたような気もする。

ベトナムに行く必要も必然性もなかったが、たまたまベトナム戦争から二〇年を経て節目の年で大きな儀式が予定されていた。スポーツニッポンの会長の牧内節男《まきうちせつお》氏の支援で「行って取材でもしておいで」という好意が発端《ほったん》の旅だった。

この旅で、心を遊ばすには、一人となって自分と向かい合うことがどれほど大切か、がよくわかったし、人の生き様は国を違《ちが》えてもそうは変わらないということも理解した。

ホーチミン市の「戦争記念館」では展示された人の肌を切り取った標本に戦慄《せんりつ》したり、街中では兵士に長い銃を突きつけられたりしているうち、人間の残酷さや哀《あわ》れさに少しずつ麻痺《まひ》してくるのがわかった。

「人生とは」などとそう簡単に言うべきことではないとその時思った。

一度この世に生を受けたら、誰にでもその人なりの歴史が始まる。

ベトナム戦争の長い戦いは、多くの人の歴史を無残《むざん》に消えさせたことだ。戦争のむごさは自分の意志とは関係なく生を断《た》ち切られることであり、自分にも起きるすべての事柄は戦争最中でもない、いま自分で答えを出さなければ、前には進めないということを悟《さと》らせてくれた。旅での経験や体験は「生死」そのものを教えてくれるものだった。

降《ふ》りかかった火の粉がどんなに強力であろうと自分でしか戦うことはできないし、払《はら》うしかないという覚悟は悲惨なものを見るたびに定まっていく旅となった。

愚行といえる戦争の歴史は、もろ無残な死をさらけ出してくるが、それらの歴史に遭遇《そうぐう》するたびに自分が小さく小さく思えてくる。その都度、苦しさも哀《かな》しみも小さく小さくなっていく。


その旅はいま考えても不思議な旅だった。

乗ったキャセイパシフィックの航空機は香港でトランジットするはずが、台北に胴体着陸することになった。機体に異常が見つかり、着陸寸前にアナウンスが流されると突然酸素ボンベが目の前に下りてきた。

「落ち着いて」という機内放送とスチュワーデスの笑顔に救われたせいもあり、機内が混乱することはなかった。というより、何かを考える時間の余裕すらなかったのだ。

小窓から飛行機を取り囲んだ消防車や救急車の行列を見た時はぞっとしたが、着陸した瞬間、あっ、ここでも生かされちゃったと安心より先に苦笑がこぼれた。

その時私は一億以上の借金を抱《かか》え、仕事もない絶望状態だったので、やっぱり現実からは逃《のが》れることはできないと改めて重い心を抱えることになった。

ケセラセラ

ベトナム旅行中のことは断片的《だんぺん》に記憶している。

地雷の残る地に紛《まぎ》れ込んで歩き回ったり、夜行列車は山賊の襲撃があると大騒ぎになったり、クチの塹壕《ざんごう》では背中に何かが重くのしかかってきたのを感じたりと不思議な体験ばかりしてきたが、その間、私は恐怖や不安を感じたという記憶はないのだ。

行きだけではなく、帰りの飛行機も今度は飛行機の空調不備のため機内はサウナ状態、香港に緊急着陸という事態となった。突発事故の連続、二週間の旅は二日遅れでやっと帰国がかなった。

さぞや日本では大きなニュースになっているだろうと予測していたが、空港はいつもの通り何《なん》の変わりもない。混雑の中にもまれ、「ええ、あんなことは誰も知らず、みんなが平気で歩いている」

なるほど人生の事柄は自分が思っているほど重大なことではないのかもしれないという、気が抜ける思いで立ち尽《つ》くした。日本ではオウム真理教幹部の村井秀夫《むらいひでお》の殺害で、あらゆるニュースはふっとんでいた。

「生かされたかもしれない」という笑いの方が先だった。

自分が生きていることは、自分にとってどんなに重要でも他人にはさして関心や問題があることではないと気づかなかったなんて……。ならば、生きるだけ生き抜いた方がいい。そうでなければ残された時間がもったいない、生き抜くことさえできなかった人がどれほど多くいることか、戦争や貧しさや、運命のいたずらで悔《くや》しく亡くなった人に対しても、生きることを謳《おう》歌《か》しなければならないのではないだろうか。


ベトナムから帰ってきて、娘たちにはことさら面白おかしく体験談の話をした。

一つ悟ったことは「人生何があるかわからない、しかし、それはたいしたことではない、自分のドラマを重く深刻に考えるのはよそう。いまこそ当たり前に平然と、さらりと毎日を生きよう」と受け止められたことを話の結びとした。

娘たちにその真意が伝わったかどうかは別にして、私にとっての旅はとんでもないことが起きる授業であったことは間違いない。

自分を孤独の真《ま》っ只中《ただなか》におくなど詭弁《きべん》かもしれない。「それがどうした」とまず自分で言ってみる、これからはそう暮らそうと思うようになったのは開き直りだろうか。

世界は広い、人もさまざま、そう問いかけつつ、なるようにしかならない自分を地球に放り出して楽しんだ術《すべ》を学べたことは私にとって実にいい経験だった。

「ケセラセラ」以後、私は娘たちが悩み事を持《も》ってくるたびに、「すべてはなるようにしかならない」とそう答えることにしている。私の答えはすべてこの言葉に集約されるようになったのは旅のおかげだった。

実際、日常はどう逆《さか》らおうが、あらがおうが、なるようにしかならないことばかり。娘たちがどんな深刻な問題を持ってきても、私の答えは「なるようにしかならないわよ」といつも同じだった。

男と女の違い

空は青く、まぶしい光が窓から射《さ》すのは久しぶりのことだ。

今年も晩夏《ばんか》を迎《むか》え、天高い秋空に残暑の光が強烈な明るさで輝いている。

年の取りようも季節と同じ、暑い夏も寒い冬もある。

サミュエル・ウルマン《Samuel Ullman》の『青春』という詩を思い出す。


青春とは人生のある期間をいうのではなく心の様相をいうのだ。

年を重ねるだけで人は老いない、理想を失う時に初めて老いが来る。
歳月は皮膚のしわを増すが情熱を失う時に精神はしぼむ

太陽の光の強い午後は、ベランダで長椅子《ながいす》に横たわる私の老いをいやというほどさらしだすが、いまさらそのことに躊躇《ちゅうちょ》するわけではなく、青春、理想、情熱ともはや忘れそうな言葉が羅列《られつ》するこの詩、当時七八歳のサミュエル・ウルマンによって書かれたことに感慨《かんがい》深いものを感じているのだ。

つまり現在の私と同年、明日の数より、昨日までの数は増えつづけていく中で実感した感覚はよくわかる。

この詩は戦後多くの財界人たちのバイブルのようになって広まっていったらしく、電力王の松永安左ェ門《まつながやすざえもん》、松下幸之助《まつしたこうのすけ》、伊藤忠の伊藤忠兵衛《いとうちゅうべえ》などそうそうたるメンバーがこの詩を自分たちの身に置き換え、青春は年ではないよ、心の持ち方次第でいつでも青春だ、という気持ちで事業に精出《せい》して日本をつくっていったのだという。

しかし、私はこの詩に感銘しているわけではない。

正直理解はできても私は愛誦歌《あいしょうか》や目標になるほど心を鼓舞《こぶ》する感動をこの詩には感じない。

男と女の違いかもしれない。

事業や国づくりへの情熱は若い気分でなくては到底《とうてい》達成できないだろうが、女の方はといえばもっと身近《みぢか》な生活感の中にある女性の本質とは違うのではないか、とそんな気がするだけである。

子どもを産んだ私にしては老いが来て何をいまさら青春だくらいに思ってしまうのだ。気をどんなに若くしても、老いは老いとして避《さ》けられない。この詩を教えてほしいと言ってきた友人は、私の小学校の同級生で、最近若い女性と再婚したばかりだ。ここで最後の仕事に一旗《ひとはた》揚げたいというので、急にこの詩を思い出したらしい。それなら仕方《しかた》がないと私は色紙に書いて贈っておいた。

精神性を重んじる男と違って我ながら女の方は現実的なのかもしれない。

女性が持つ底力

私の老いの手本でもあるアメリカの絵本作家、ターシャ・テューダー《Tasha Tudor》は自然と共に暮らし自然の中で生涯を終え、この世からさよならした。厳しい自然と対峙《たいじ》し、その姿はたびたび映像で見たが、自然の中にすっかり溶け込んでいる姿は老木のはかなさと清楚《せいそ》を持ち合わせているようで、凛《りん》として見えて素敵だった。

自然がすべてというターシャの生き方は、私などは絶対できないと知っていても憧《あこが》れと尊敬の偉大なる手本だった。

なんでも手づくり。「手づくり」の大切さには心という時間の奉仕が織り込まれている。子や孫のため、飼い猫や犬のため、森や土や花のため、暮らしの衣食住すべてはターシャの労働で賄《まかな》われているようだ。創意と夢の実現が彼女の人生の時間の使い方だ。

子どもが生まれると、ターシャは彼らのために絵本を書き読んで聞かせる。庭にやってくる動物や鳥たちを主人公として登場させ、その観察眼は誰よりも若く、正確でいきいきしているドラマをつくり皆《みな》をわくわくさせた。

生活の一つひとつがターシャの色に染《そ》められていくのがよくわかった。

家族はターシャのもとにみんな集まりその知恵は子どもから孫に孫からひ孫にと受け継がれていった。

その力こそが、私は女性が持つ底力《そこぢから》のように思えてならない。

「家族」という単位が輝くのは家族の一人ひとりに心を砕《くだ》く「主人……あるじ」がいることなのだと痛感する。

ターシャの時間をかけて「わが家」をつくる根気と美学こそ、さすが女とうならせるものがありそうだ。

アメリカでは主婦のことを、スカートをはいた政治家と表現するそうだが、一家を切り盛り、まとめ上げる楽しみ、家族の誰かが喜び、思い出となる毎日をつくるには、確《たし》かに女ならではの政治力とそれこそ身近な理想を心の中に持っていなければできはしないだろう。

その生き様を貫《つらぬ》いて老いていったターシャは本当に素敵な女性だと思うのだ。

子どもや孫を喜ばせたいという一心から始めた創造力こそ、女が女でなくてはできない仕事なのだと、いまでも私はそう思っている。生活をしっかりと視《み》る力こそ女性の一番の美点なのではないだろうか。

二度の離婚

それほど完璧な生き方をしているように見えるターシャでも二度の離婚をしている。世の中まったくなかなか思うようにはいかないものだ。

アメリカの裕福な家に生まれた彼女は父親が設計技師、母親は肖像画家と、才能豊かないまで言えば共働き夫婦の両親を持つ。その夫婦の交友関係には作家のマーク・トウェイン《Mark Tuain》や電話を発明したアレクサンダー・グラハム・ベル《Alexander Graham Bell》などもいて、羨《うらや》むほどの人脈に囲《かこ》まれて幼少期を過《す》ごしている。

ところが九歳の時に両親は離婚、すれ違い夫婦の典型《てんけい》的な破局だったとある。

並外れた家系の家には時とすると変人《へんじん》が出やすいというのも皮肉なことだが、もしかしたらターシャも、才能のある一方、その変人の一人だったのかもしれない。ひょっとしたら人間はあまり好きではなかったのかもしれない。いや研《と》ぎ澄《す》まされた神経が結婚には向かなかったのかもしれない。どこか鈍感な怠惰《たいだ》さが長い結婚生活には必要なのだから。自分の世界をつくるのにあまりに集中し過ぎたとしたら他人とは破綻《はたん》を招いたかもしれない。

ターシャの場合はどうだったのだろう。

時に人は幼い時の自分を全否定したいという欲望を持つ(のではないだろうか)。無い物ねだり、良家の坊ちゃん嬢ちゃんが不良ぶったり露悪《ろあく》趣味なのはそう演じたい願望がどこかに巣食《す》っているせいだろうか。案外その強い個性(癖ともいえる)が、ターシャにもあったかもしれない。ターシャの最初の結婚は二三歳の時、四人の子どもにも恵《めぐ》まれた、夫の甥《おい》に手づくり絵本をあげたのがあまり見事で美しく、夫が出版社に持ち込んだのが縁《えん》で、それを機に一躍《いちやく》画家としても売れっ子になってしまった。

経済が安定するとターシャが昔から理想としていた自然の中での自給自足の夢を実現するが、しだいに夫婦の関係は壊《こわ》れていく。電気もなく水汲《く》みや手仕事、すべては近代生活とはほど遠く、そんな生活にうんざりする夫との「生活感」の相違が離婚の原因とされているが、本当の理由はわからない。

かろうじて長女が母親に関して「現実に対処する準備はさせてくれなかった」という母親観を話しているところから察《さっ》して、おそらく生活観における彼女の我《が》の強さは家族にさえなかなか受け入れられなかったのではないだろうか。もっとも他人の憶測《おくそく》では離婚に関しての真実はわからないが。

離婚後四人の子どもを抱えての孤軍奮闘《こぐんふんとう》は「自然が好き」だけでは解決されたとは到底思えない。母子家庭の苦労は女性が父親役母親役も兼務《けんむ》しなければならないのだから、やはりだいぶ苦労があったと思えるし、そうも伝えられてもいる。

身近な家族の証言では、時代離れした生活には家族の反発もあったし苦労も多かったという。ターシャにとっての憧れの生活は次第に仕事になってきたことで、本来、守られるべき生活が端《はた》から見物されたり覗《のぞ》かれたりするのだから家族としてはやり切れない気持ちになったのは当然かもしれない。

最初の離婚の後、寂《さび》しいという理由で再婚したものの、二度目の夫ともすぐに別れてしまう。五七歳の時、ターシャは東京ドーム二〇個分という広大な敷地で自給自足の一人暮らしを始める。花は自然に咲くものだが、たくさん手をかけて育てなければいけないといった知人のベルの言葉がそこでよみがえってきた。ベルは電話を発明した人であり、両親の古くからの友人である。

独得な花壇づくりはやがて世の中の注目を浴《あ》び、ただ黙々と手づくりにこだわりつづけるターシャ流の生き方にも注目が集まってきた。「ターシャの庭」と呼ばれ多くの人が訪《おとず》れ、やがて観光地となっていった。

両親や夫に縁がなかったというターシャの力は人で癒《いや》されるのではなく彼女自身の孤独な庭づくりの作業の中で完結されていったのだとすると、凡人にはまったくわからない世界が彼女には見えていたのだろう。

しかしこういう理想を持つ人との生活は憧れるものの、突き詰《つ》めていくとちょっと辛いものがあるかもしれない。

生き方が仕事になり、仕事が生き方になるという成功例としては認めざるを得ないが近しいものはその自己主張の強さに翻弄《ほんろう》されそうな気がする。

三人の娘を生んだ私の家庭もそうだった。

創造する人のそばでは、誰かが何らかの犠牲を払うような気がしている。まして家族の生活には辛いものがあるかもしれない。

初恋

人は生きているかぎり誰かと縁を持つ。

むろん、それが結婚とはかぎらないが他人との縁の始まりはまず夫婦だ。夫婦でなくとも、心の中で生涯持ちつづけることのできる人間関係というのもある。

初恋は誰にもあると思うが案外実《みの》らない。実らないから尾を引く。もう罪のない年になったし、遠い日の思い出の彼方《かなた》にあるから書くこともできるが、私にも六〇年も前の初恋の思い出がある。淡い恋の思い出がある日、現実の別れとなってやってきた。

私が高校二年の時の初恋は相手が大学生であり在日の韓国人であった。無謀な年齢でもあり本気で結婚を考えていたかはいまとなるとあいまいだが、許されなかったら駆け落ちをしようと決めていたから、きっと恋愛だったのだろう。

一年ほど交際していたある日、チマチョゴリを着た中年の婦人が家にやってきた。付き合っていた彼、徐《じょ》君のお母さんだった。見事な民族衣装に長い髪に挿《さ》した緑の瑪瑙《めのう》の髪飾りがとてもきれいだったことを覚えている。

ふんわり腰を下ろし、韓国風に手はしっかりお腹のあたりに組まれ、深々と頭を下げた。私の父と母は仰天《ぎょうてん》して慌《あわ》てて正座し直した。徐君が跡《あと》取りであること、結婚は韓国人のお嫁さんが絶対条件、ということを理路整然と話された。国の違いは人間関係の違い、国を離れて他国で暮らす一家の跡取りの責任の重さは息子が一番知っているはず、どうか、娘さんには手を引いていただきたいということだった。ぐうの音も出なかった私の両親は娘の私によく話しますと答えることしかできなかった。

昭和四〇年代の日本の青春にはまだ世間という拘束があった。それがまかり通る時代だったのだ。いろいろあったが以後、私は彼といっしょにならなかったのだし、徐君は泣く泣くアメリカに行き、その後、韓国に戻り韓国の娘さんと結婚して三人の娘さんに恵まれた。

友だちや知り合いから何かにつけて情報が入るから、お互いの動静は風の便《たよ》りにずっと伝わってきていて、私たちの縁は細い糸のままつながれ、年を経《へ》ていた。

余命一年

それが突然に三年前、徐君のお嬢さんから電話が入った。

「二度と父と会わないでください、母を苦しめます」と言う。頻繁《ひんぱん》に会っていたという記憶はないし、連絡さえなかったのでよく話が呑《の》み込めなかった。

数日して思いがけず徐君から会いたいという連絡があった。

何十年ぶりの再会で喜び勇《いさ》んで出かけて行ったが、残念ながらホテルのロビーでなかなか見つけることはできなかった。

白髪の恰幅《かっぷく》のいい老人がこちらへ歩き出して初めて徐君とわかった。大学の山岳部にいた山歩きの姿勢がそのまま懐《なつ》かしく目に飛び込んできたからだ。一瞬に思い出の数々が走馬灯《そうまとう》のように浮かんできた。ロビーのソファに深く腰を下し、それからしばらく沈黙のまま私たちはみつめあっていた。

「余命一年と宣告された」

突然、徐君がそういった。目は笑っているようだった。

「孫のために本を書いたのだが、その中に君のことを書いた。妻にもそのことを告《つ》げてある。いい思い出に感謝する。本当にありがとう」

簡単な言葉の中で彼はいま自分の人生の幕引きの作業をしているのだとわかった。

すでに二人の時間は半世紀を隔《へだ》てている。彼同様、語れば長い物語が私にもあり、二人の共有した時間ははるか遠くへと過ぎている。腐《くさ》れ縁のような付き合いはなかった。いまその思い出も幕を閉じようという切羽《せっぱ》詰まった状態での「命の暇乞《いとまご》い」なのだろうか。

死ぬ前に会いたい人がいると妻に報告した時、奥さんは裏切られたような気がしたのかも知れない。いっしょになれなかった思いは、正直渋い思い出として顔を出すことが、男にも女にもあるのだ。

むろん、それからは私も頻繁に奥さんと連絡を取り合うことになって邪推《じゃすい》も誤解も氷解したのだが。

孫のために書いたという長い自叙伝には確かに報告のような箇所で私に触れる部分はあったが、名前の固有名詞は使われていない。

そして一年が過ぎて、宣告通りに徐君は旅立った。

葬儀の案内がお嬢さんから届いた。

「ぜひ来てほしい、来てあげて」という優しい声が耳元に響いた。

もはや男でも女でもない。こういうご縁が人生にあることを大切にしたいとしみじみ思った。

思い出の浄化がなされたような安堵《あんど》感が広がった。徐君が私の心の中にちょこんと位置を占めて収《おさ》まったようにも感じられた。

男と女のいい思い出とは長い時間の発酵《はっこう》の末に、ほんわか心を温かく酔わせてくれるものだと年を取ってやっとわかった。

私はそれから心の片隅に徐君の居場所をそっとつくった。

女が仕事をすること

そういえば　徐君と別れた後、若さの回復力のおかげだろうか、若かった私は結婚どころじゃない、仕事しなければと広告代理店に入ったのだが、それからまさか数か月しないのに次のご縁がやってくるとは夢にも思ってみなかった。

私が夫となる人と知り合ったのは昭和三六（一九六一年）年、戦後も遠く感じられ始めた頃だ。文明の進歩を生活に身近に感じるという時代でもなかった。

恋愛結婚の是非が取りざたされることさえ普通で、サラリーマンという言葉さえ新鮮に感じられ、団地が夫婦単位の核家族の場としてもてはやされた。結婚観も「家」という観念から次第に個人単位に変わってきていた。

それでも女性が仕事をするというのはまだ当たり前のことではなく、私が高校を出た時はクラス五〇人中就職をしたのはほんの一握《ひとにぎ》り、おそらく一〇人もいなかったのではないだろうか。たいていは「花嫁修業」や「家業の手伝い」、一《ひと》っ跳《と》びに「結婚」をしてしまう人はいたが、女性の生き方の選択肢はかなりかぎられていた。

私の高校は良妻賢母育成をうたい文句としており、家政科、裁縫科以外、大学専科を持っていなかった。針さえ持てない、料理も嫌いという私が入りたいと思うわけもなく、その能力がないのは自分でもわかっていた。外に出て働きたいとずっと希望していたおかげで、まだまだ女性には狭《せま》き門であった会社に縁故就職したのは幸運だった。

私の家は浅草の下町の職人、職人の家から颯爽《さっそう》とはいかないものの、バックを持って朝の町を勤めに出るだけでまるで特権階級の人間になったようにうれしかったことを憶えている。

仕事は過剰労働どころか、勤務時間規定もあいまいだったが仕事の楽しさを思えば残業など、なんでもなかった。実際早く帰りたいなどという気持ちもなかったし、仕事が辛いと感じたこともない。

広告代理店は戦後の先端企業だったし、仕事は何をおいても自分の能力を発揮できるものだった。

「辞めると口にしたものは責任上辞めてもらう」という社長命令にビビったのが鬼十則の鉄則。これはいまでも覚えているし「その通り」と感服もしている。

仕事は自《みずか》ら創《つく》るべきで、与えられるべきでない。
仕事とは、先手先手と働き掛《か》けていくことで、受け身でやるものではない。
大きな仕事と取り組め！　小さな仕事は己《おのれ》を小さくする。

いまでもまったくその通りだと思うのは私ばかりではないはずだ。会社に滅私奉公などしなくていい、とよく言われた。仕事が会社のためだけにあるという意識過剰の思いが自分までも殺してしまう結果になるのだとも教えられた。

死ぬほど嫌な仕事なら辞めればいい、生き方を変えるに充分《じゅうぶん》な若さがあるのだから、と私はよく働く人たちにその当時をそのまま、いまも伝えている。傷ついて怠《なま》けてしまうくらいなら新しい冒険に飛び出すのが若さというものなのだもの。

被害者同盟

仕事に夢中な時は、結婚など夢にも考えてなかった。しかし、人生とは本当にわからない。ひょんなことで私はあれよあれよという間に結婚することになり、何がなんだかわからないいまに大海原に投げ出され、アップアップしながら生きていくことになった。

いまさらながら出会いや縁はどこに転がっているかわからない。神様次第なのか、不思議にあふれているということなのか、人生はどこがターニングポイントになるかもわからない。

私の結婚のきっかけは滑稽《こっけい》でばかばかしい出会いから始まった。

当時広告代理店に勤めていた私の担当はCM制作。電気冷蔵庫、掃除機、洗濯機は、主婦の三種の神器《じんぎ》と騒がれた中の、流行《はや》りの「電気洗濯機」のCM撮影現場でのことだった。

「機械じゃダメだ、洗濯物を水の流れる水槽に入れ、終わって取り上げるアクションの映像が欲しい」というプロデューサーの一言でそばにいた私の「手」の出番になった。

「お前の手でいいよ、若いんだから」というわけで腕にはめてある腕時計を外し傍《かたわ》らにいた同僚に預《あず》けたのだが……あの時あの腕時計を預けさえしなければ……見知らぬ男性との出会いも結婚も起きなかったことになる。

その同僚は呑み助、おまけに貧乏ときている。腕時計はなぜかそのままその日のうちに質屋に行き、返してほしいと騒ぐ私の問い詰めに対し、彼は自分の弟子と称《しょう》する男に「弁済《べんさい》させる」となって現《あらわ》れたその弟子こそ、後に「主人になる人」だった。

その人に会いに行ったのが運命の始まり、会うと気の弱そうなその人は「僕は、僕も、被害者です」と小さな声で言った。聞けば自分もいろいろと持っていかれたと告白し、なんなら家に見に来てください、ということになり、半信半疑でついていった。

アパートは六畳一間、あったはずのテレビと本を持っていかれたのでいまはありません、と言う。確かにハードカバーの全集の箱の中身は空《から》だった。

「これは酷《ひど》いでしょう、そこで、提案なのですが被害者同盟をつくりましょう」

呆然《ぼうぜん》としている私に彼が言った。

被害者同盟といっても、どう考えても被害者は私と彼の二人だけで他にいたわけではない。要はお人よしの二人が被害をこうむったというだけのことで、訴えるほどの度胸など持ち合わせてもいない、大真面目に同盟などとさらさらできるわけもない。

「それではいけません、どう対処するか、対策を練らなければ」という押しの一手でそれから私たちは毎日夕方になると相談のために会うことになった。

偶然は次第に必然になる。会ったのは偶然、でも会うべきだったという思いになるまでにさほど時間はかからなかった。

最初から下心があって、そこはかとない期待や恋心があったわけでもないので気楽といえばこんな気楽な関係はない。下町育ちの私の言葉は早くて伝法《でんぽう》だ。話にはとてもついていけなかったのか、相手からの答えはほとんどない。

その相手といえば、雲をつかむような話ばかりしていたかと思えば、笑ってばかりいる。

何日かすると「作家になりたい」という夢を語り始めた。

私には「夢」を語るその想像力に魅力を感じる比重の方が大きかったのだろう。いっしょに暮らしたならきっと飽《あ》きないに違いない、そして、その夢に賭《か》ける伴走者として私自身の力が発揮できるのではないか、という予感がひらめいた。

挙句《あげく》、加害者であるはずの同僚の彼まで現れて「縁を取り持ったのは俺だ」などとほざくうえ、「絶対結婚すべきだ」と煽《あお》り立てる。何がなんだか勢いのまま、私たちの船出は滑稽な事件から始まった。最初から難破船のようにどこにたどり着くか見当もつかないのに、かぎりなく「夢」だけが膨《ふく》らむ「帆《ほ》」を持っていたようだ。風まかせの運を面白がっていたのかもしれない。

むろん、「愛」と呼べるものがなかったわけではない。

私たちの野望も目的も一つの「愛」の形だった。私たちは驚《おど》く速さで結婚に突き進んでいった。それは物書きとして世の中に挑《いど》むことだという呪文《じゅもん》に導かれての行く道でもあった。

私の結婚

私が結婚の話を家族にした時、誰も冗談としか受け取ってくれなかった。

「どんな人なの?」

「ちょっと変わった顔の人」

父なども、

「でも人間だろう」

といった具合で、まともな反応もない。

祭りの日に連れてこようと私が思ったのは、忙しい、慌ただしい、陽気な日に、すんなり家族に入り込むことが一番可能かも、と思ったせいだ。

祭囃子《ばやし》が響き、お神輿《みこし》のかけ声や太鼓や笛の音が町に湧《わ》きたち、皆が昂揚《こうよう》した気分にいる中なら夫となる人物も気兼ねや無理をすることもあるまいと思ったのだ。そのころには緊張すると少し吃音《きつおん》になる彼の癖もわかっていた。

さて、そんな家に突然連れてこられた夫になる人は、さぞや目を回《まわ》したに違いない。万華鏡《まんげきょう》の中に突然入り込んだような、洗濯機の中に放り込まれてくるくる回されたような、ショックを受けたそうだ。

まず、誰が家族で訪《たず》ねてくる人はなんなのか、さっぱりわからない。開け放しにした玄関から誰彼構わず入り込み、勝手に酒は飲むわ、話かけてくるわ。自己紹介も名前さえ聞かれないまま、さっと来てさっと去っていく目まぐるしさに唖然《あぜん》としてしまったようだ。面白がる部分と、到底入り込めないという気持ちと、興味と冷ややかさの両方があったのだろうかといまになって推測する。

しかし、結婚というのは違う文化にどちらかが他者として入り込むということが基本。それも真逆にあるものに惹《ひ》かれるのは男と女なら当然のことのようにも思える。

「無い物ねだり」は結婚につきものだとしたら私たちもご同様だった。

私の最初の結婚はいまでいえば事実婚、同棲《どうせい》から始まった。

夫の方の父親は早くに亡くなり、母親は東北の釜石という港町で商売をしていた。結婚より結婚制度に疑問を持っていた母親はするなら勝手にどうぞご自由に、入籍などどうでもいいと言ってきた。

私の父親は、それ以後まったく私たちの結婚に口を挟《はさ》まなくなってしまい、私たちは同棲しか方法がなかった。「面倒くさい」ことが一番父のいやなことだったし、二人がいいならという認め方で祝福してくれたのだ。

夫の母親はとうとう夫婦になった後も、長いこと訪ねてくることはなかった。

無謀という名の度胸

どんな組み合わせで夫婦になるかは千差万別で、一〇〇組の夫婦がいれば一〇〇組のありようは、さまざまだ。結婚式は同じにみえても、その裏のドラマは、どこもかぎりなく個別の事情を抱え複雑なのではないだろうか。

私たちもまた、それなりに異例の中で、それぞれの家族の歴史を含有して、妥協や協力で新しい家族をつくっていかなければならなかった。

しかし、家族不在という人とまさか結婚するとは夢にも思ってもみなかった。

家が家として継続されていれば親戚や縁者の付き合いや気配りが必要だろうし、家風のしきたりやありようにも配慮があるかもしれない。が、まったくの一人ぼっち、経済も定《さだ》かではない人との結婚は私には相当な決心が必要だった。私たちのでき立てほやほや夫婦が結論として出したのは「物書《ものか》きになる、そのためにお互い頑張ろう」という一点で、私は夫である人の夢に賭けようという一途な気持ちになった。

私の両親をはじめ相手の親も誰も干渉《かんしょう》しなかったことで、それを孤独に感じるより、お互いを頼りにしていくしかないという結束をより固くすることになった。「手を組んだ同士として歩くしかないねぇ」がいつも二人の合言葉だった。

当時「物書き」で食べていくなど夢のまた夢、それでもそんな夢が可能になるように思える若さがあり、明日への希望があった。いやいや無謀《むぼう》という名の度胸に支えられていたのかも知れない。時代が高度成長期に向かっていた最盛期の青春期はさまざまな運の良さに恵まれていた。

笑っていてくれればいい

誤解されそうだがわが家が結婚に無放任だったわけではない。姉は、義兄と交際を経て結納、婚約期間の末にわが家で花嫁支度《じたく》をし、近所に挨拶《あいさつ》回りをして、親戚一同が揃《そろ》い、神前での結婚式を挙《あ》げ典型的な日本の結婚儀式で嫁《とつ》いでいった。妹も普通に結婚をしたから、次女である私だけが特例だった。

結婚の形態もその人の性格が影響するのかもしれない。両親は私に姉や妹と同じことは望みもしなかった。言ったら聞かない私の性格を百も承知していたので自由に任せるしかないと読んでいた。

「大丈夫？　あんた暮らせるの？」

「可哀そうに、旦那に仕事がないんだって」

「物を書くなんていう人は変人だよ」

町を歩くたびに誰彼となくよく言われた。下町の人はあけすけだ。胸を張って言い返せないのは事実だったが、反発がいつの間にか「なにくそいまに見ていろ」といった気分に変わっていくのが自分でもよくわかった。負けず嫌いの強がりがいつも顔を出すのが私の性格なのだ。

希望と野望とが一致して、仕事の相棒としてお互いが必要不可欠になっていくのに、長い時間を要することはなかった。その先にどんな苦難があろうとも、まだまだ満足してはいられないのだ。

私たちはよく「結婚」について話した。

妻として私に何か望むことはあるかという問いに「笑っていてくれればいい」という答えが返ってきた。「僕は書く以外のことは何もしたくないから」とも言われた。

大きな家の前を通るたびに、

「ごらんよ、こんな大きな屋敷に住んでいる人間は、きっと悪いことをして家を建てたに違いない、僕は違いますよ、筆一本でいまに家を建ててみせますからね」と夫は胸を張る。

「しかし、どんな犯罪をして、こんな大きな家を手に入れたんだろう」

「たとえば詐欺《さぎ》とか?」

「いや、知能犯罪ですよ」

別に他人の大きな家に恨《うら》みがあるわけではないが、私たちはばかばかしい遊びとしてあらんかぎりの創造力を働かせて遊んでいたのだ。

愚《ぐ》にもつかない話題に華《はな》が咲き、笑い合える時は夫婦は同じ方向に向かってうまくいってい

希望と野望とが一致した結婚。元夫・井上ひさしは、
仕事の相棒である好子の妻として望むことの問いに「笑っていてくれればいい」と答えた。

る時なのではないだろうか。もっとも作家となってみると「作家、家をつくるという字を書くのだもの家を建てるのは当たり前」となるのだから我《われ》ながら恐ろしい。

親との同居はするべきではない

マスコミがこぞって書かせたいと望み、もてはやされる時期に大きな落とし穴が私の心に巣食い始めたのだろう。子どもたちはそれぞれに個室ができ、多忙が限界に来る頃、私の両親が見かねて家事全般を見てくれることになり、同居が始まった。

しかし、私はどんなことがあっても、親との同居はするべきではないといまは後悔している。両親にとってわが子とその配偶者では感情がまったく違う。それは善し悪しの問題ではない。家族がお互いに気を遣《つか》い過ぎ摩擦《まさつ》が生じてくるのだ。

考えや主義が合わないなど端からわかっていたが、食べ物や言葉や習慣といった些細《ささい》な生活のこまごましたことが気になり始めたら、理屈ではなくお互いの欠点が取りざたされ、ストレスが溜《た》まってしまうということだった。

物書きはエゴの塊《かたまり》だと私は思う。

毎日仕事でいっしょにいるせいだろうか、少々お互いの足がもつれてきた。

結婚二〇年が過ぎる頃、私も夫もお互いは別人格である、といった主張をし始めていた。危険は目の前に迫《せま》っていた。

糟糠《そうこう》の妻とはよく言ったもので、長くいれば粕《かす》やぬかのように深い味を出すという反面生活の貧乏臭さが鼻につくということがあるというのも事実だ。私が出過ぎたこともあり、そんな気はさらさらないが管理されているという意識が夫をどんどん頑《かたく》なにさせていったのかもしれない。

実に配偶者のバックには必ず、その親がいて、親にとっては子は永遠にわが子のままであり、それは自分の知らない世界を共有している夫婦にとってはまさに侵略者に位置づけられる。

狂気の番人

芝居を書くには相当な多重人格的要素が作家に望まれるように思える。登場人物の各々《おのおの》の性格や独自の背景を描《えが》き出しドラマは展開していくのだから、当然単純細胞では書けないという、芝居書きの宿命がありそうだ。

芝居は実は彼にとって本質的なもの、生理に一番合っていたという感じを察することができる。

書く神様がついたように、エネルギーを全発散させ、次々戯曲《ぎきょく》は誕生していった。

戯曲を書くという体制に入った時のわが家の緊迫状況は誰も想像できないものだった。家全部に刃物が突き刺さっていて、歩くのさえも抜き足差し足で息を潜めて暮らさなければならないといった感じの数か月がつづくのだ。もともと、集中力がなければならない仕事だが、次第に精神的にも追いつめられることにも拍車がかかって、普通ではなくなってくる。その狂人を見張る番人が私の役目だった。しかし、もちろんそれが四六時中つづいたわけではない。

執筆が一段落し、私たち親子はカルガモの親子のように一塊《ひと》になってキャアキャア笑いながら家を出る。

学校があろうが習い事や約束があろうが、そんなことはお構いなしだ。父親が「銀座へ行こう」と言った途端《とたん》に、すべてが決まっていた。まず、日本橋の伊東屋に行き、文房具をそれぞれが好きなだけ買う。今度は丸善で好きな本を何冊買ってもいい。それから有楽町のジャーマンベーカリーで食事、それが終わってからは帝国ホテルのアーケードで洋服や靴などを仕入れ、おしまいにカフェーでアイスクリームを食べる。時に、映画の二本も観《み》ることはあるが、このコースはたいてい変わらなかった。

それは娘たちにとって、おそらく至福の時間だったことだろう。大人になったいまも、この思い出を娘たちが必ずと言っていいほど話題にする。もはや、私にとってその思い出は、懐かしさをはるかに超えて、胸が痛くなるほどの哀しさに彩《いろど》られている。娘たちの心にいまも楽しかった思い出として残っていることだけが救いのように感じられる。

家族がいっしょに楽しい時間を持つこと、そこには父がいて、母がいる。帰路《きろ》につく車の中、後部座席で肩を寄せ合っていた三人の娘の満ち足りた安心しきった寝顔をいまも思い出す。

母親の私は三人の娘になんでもお揃いのものを色違いで買い揃えた。同じロングドレスを着せて、さながら『若草物語』の一場面かのように、茶の間で本を読み聞かせてやるなど、悦に入っていたそんな頃もあった。長女はお姉さんらしくお茶など淹《い》れていたし、次女はそんな時でも父親のそばから離れようとしなかった。三女の麻矢はいつものように私の膝《ひざ》の上にいつまでも座っていた。あれはまるで一枚の絵のような家族の風景だった。

元祖「不倫」からの教訓

夫婦であっても、頭の中までは支配できない。他人の干渉などが入る余地はないはずだ。当事者であってもどうにもならないことなのだ。私も離婚ではマスコミに散々《さんざん》騒がれたが、後で考えれば離婚などたいしたことではない、長い人生のひとコマにすぎないと思うようになった。

1969 年頃、『日本人のへそ』のリハーサルにて。芝居は元夫・井上ひさし（写真手前）の生理に一番合っていた感じがする。写真中央は寄り添う著者。

メディアがどんなに騒ぎ立ててもそれは俎上《そじょう》に載《の》せられる方も見る方にも本当はむなしい時間なのだ。賤《いや》しさ、貧しさ、狡《ずる》さのコメントを聞くたびに、なんとしても不幸をつくりたい、不幸でなくては困るという言葉の毒を感じる。罪悪論で、判定を面白おかしく下すなど、品性下劣《げれつ》と、浅ましさを感じていた。

人を好きになることは人間誰しにも起こりえる。「不倫」が騒がれ、私もその俎上《そじょう》にさまざまな形で載せられたが、真実は当事者しかわからない。うかつに載れば裸どころか骨までしゃぶりつくされる。報道に関してはいまでも信じられないことばかりだ。

次の事件までのつなぎとわかったら「見ざる、聞かざる、言わざる」を貫いた方がいいとターゲットになった人に言ってあげたい。誰が裁かなければならないのか、人間のゲスな部分を増大させるだけの作業はワイドショーはしない方がいい。

「皆様にご心配ご迷惑をかけました」

判《はん》で押したような会見を皆本気でやっているのだろうか。誰も心配などしていないし、ご迷惑をかけたとすれば子どもや家族以外、どんな人に心配と迷惑がかかったのか教えてほしい。不特定多数の人に向かって「申し訳ありません」はないだろうに。

結局、人を好きになってはいけないという建前《たてまえ》に乗って「罪人」をつくるという仕組みがマスコミの見世物ショーとして存在しているのに乗せられ踊《おど》らされるのは滑稽だ。

「深々頭を下げてのお詫《わ》び会見」というのに乗ってはいけないのだ。

もっとも次々に離婚や不倫はつづくから、次が出てくるまでのつなぎと割り切ってしまえばいいのだろうが。

愛の覚悟

浮気をしたとしても、その報いは自分に返ってくることで生涯悩みつづけるというのが現実だ。残念ながら浮気の後始末の結果が幸福とはかぎらない。まして子どもを持った人ならきっと気づくはずだ。しなくて良かったのかも、と。相手がたとえどんな人であろうと、好きなら好きのまま生きつづける。それしかなかったのではないだろうか。

そういう愛の表現も、生き方を貫くとなると偉業のようにも思えることがある。

たとえば樹木希林《ききききりん》さんのように、内田裕也《うちだゆうや》さんという相手がどう生きようと、自分の人生から離すことはしないというのも、希林さんの命がかかっている愛の覚悟が決まっているからだと思うし、一人娘への忠誠、本当の母親の強さの表れのように感じる。

裕也さんの奔放さには女性関係も含《ふく》んでいるが、魅力あふれた人であろうがモテモテだろうがそれはどうでもいい、希林さんが離婚をしたとしても誰も驚かないだろうし、困ることもないだろうが、それでも頑なに希林さんは裕也さんとの夫婦関係を継続している。たった一人の娘さんへの思いの深さと、何より、夫がどんな生き様をしようが、持った根の綱《つな》を離そうと離すまいと変わらない自分を持っているからだろうと思う。

それが希林さんの「愛」の形なのだと私は勝手に解釈している。

双方が顔を見るのもいや、憎悪さえ持つとなれば離婚は簡単だろうが、相手が逃げても、嫌いになってもやはり、好きなら好きつづけるしかないのではないだろうか。愛にはそれが自己愛であっても覚悟がいるということだろうか。

「離婚」を演じていた

離婚に上手下手《じょうずへた》があるとすれば、私は下手な方だった。なぜならば、それまでの自分が積み上げてきたものを全否定し、自分からも相手からも完全に逃げようとしたからだ。築《きず》いた歴史を消すことなどできないし、消せるものでもないのだ。

どんな理由であれ、私は私らしく、知らん顔して関わった夫とは仲良くすべきだったといまにして思う。別れた直後のようにいつかまた会えばわかり合えるかも、などといった生煮《なまに》えの状態が良くなかった。

離婚当時の私たち夫婦はどこかで「離婚」を演じていたようにさえ思える。離婚後一年ほど、私たちは新しい配偶者を含め、何かと仲良く電話などしつづけていたのだから、もっとおおらかに、もっと身内になれば良かったと思った。

離婚後も仲のいい友だちでいられる大人になるべきだったと反省している。

個人の尊重とか自立が騒がれているのに、離婚となると付き合いも連絡も夫婦の周囲は真っ二つに割れるという子どもっぽい喧嘩のような扱いは一番大人になりきれないところのようにも感じている。

別れた男女ばかりか、そのまわりの人さえもが、敵味方になる必要がどこにあるのだろう。

他人の人生を単に面白がって、騒ぎ立てる友人を見て、しみじみ情けないと思ったことが何度もある。

私たちの離婚

長女は籍の入らぬ事実婚の相手と死別、次女は離婚、三女の麻矢も離婚経験者だ。

娘二人の離婚も母親の私には事後報告だったが、私はひとまず娘の配偶者の肩を持つことにしている。これには娘たちから総スカンを食らう。

実の娘である自分たちに味方し理解を示すのが、母親というものではないのかというわけだ。「ママって卑怯《ひきょう》だよ」と非難もされる。

しかし、私は、離婚の理由がどうであれ、まず、親の離婚によって子である孫たちの世界が狭く歪《ゆが》むことがないように、夫婦のどちらにも敵味方の区別をつけてはいけないと思う気持ちが強かった。

子どもたちには、どうしたって両親が必要だ。とりわけ幼いうちは、両親の離婚はどんなに心細く哀しいことだろう。

自分をまるごと受け止めてくれる親が、たとえ別れても、親は親のまま親として変わらずにいてほしいはずだ。私は、それがうまくできなかった。別れても、娘たちの親であることは変わらないと、そういう話を、元夫と交わすことなく別れてしまった。娘たちに「自分の味方をしてくれないの？」と責《せ》められても、その痛い経験から私は孫たちの父親を悪く言うのは嫌だった。

娘たちに腹を立てられても、私と元婿《むこ》とのつながりが変わらなければ、良いことがたくさんある。まず、離れた父親に子どもたちの日常を伝えることもできる。郷里のご両親にもおじいちゃん、おばあちゃんが聞いたらさぞうれしいだろうニュースを伝えることもできるのだ。

「そんなことはしなくていいの」と、娘たちはブーブー言うし、「ママはスパイなの？」と詰られることもあるが、いまでは私の情報から「パパが元気でホッとした」と、孫たちは言ってくれるまでに成長した。

これからも、彼ら、つまり娘たちの元亭主と仲良く付き合いたい。私は元亭主のご家族とも仲が良い。盆暮れの挨拶はもちろんのこと、上京されればいっしょに食事をし、孫の話に花を咲かせる。

一度夫婦になり親になったからには、たとえわけあって別れても、親になったものの責任として、子がいればなおのこと、恨みを残さぬ方がいい。私はそう娘たちに伝えたい。それが上手な別れ方だと思っている。

故郷はその人の原点

信頼や愛情も知らないで育った夫のことを、私はどれくらい理解していたのだろうか、そう考えただけでいまも、胸が痛くなってくる。

突然夫の亡き父親の三三回忌の案内が郷里から届いたのは離婚の三年前だった。

夫の郷里は山形県置賜郡《おきたまぐん》、羽前小松《うぜんこまつ》という日本有数の豪雪地帯で、冬は雪深くとても寒い土地だという。

秋の彼岸も過ぎ、駅に降り立った時の私の驚きをいまでも、忘れることはできない。いま思えば美しい田舎の風景に違いないのだが、揺《ゆ》れるススキが冷気を含んだ秋風に寂しげに揺れ、あたりに色らしい色はなく、人っ子一人いない動きを止めた風景が目に飛び込んできた。

ひっそりと静まり返った街中を蝙蝠《こうもり》が飛び交《か》っている。町を歩くと「誰かが覗いている、いやな街」といった姑《しゅうとめ》の言葉が思い出された。この街を追われて子を連れて出ていかなくてはならなかったその恨みを子どもだった夫はいつも聞かされて育ったそうだ。この風景と自分たちの運命の過酷さを寒さと寂しさと共に記憶していたのだろうか。夫の生まれた土地に立った他人の私の思いもまた想像を絶《ぜっ》する寂しいものばかりだ。

この風景をもっと早く見ておけば良かったと思った。

「いつか見ていろ」と唇を噛《か》んで都会に出た義兄も、孤児院に行かなくてはならなかった夫も、その原点はこの郷里にあると思った。

気配《けはい》を感じる、何の気配かわからないが、風が吹き、こずえの葉の音や、水の音、あらゆる自然の音に集音機のように敏感になっていく。その時、夫が言葉や音に敏感なのは子ども時代の名残《なごり》だったと気づかされた。

「いま頃気づくなんて」

反省と後悔が甘酸っぱく心に広がった。

生まれ育った故郷の中にその人の原点はそっと眠っているようだ。どんな人も生まれ育った場所に心は育てられる。自分の意思ではなくその風景の中にその人の本当の姿を見つけることができるような気がしてならない。

家族とはわかり合えないもの

訪ねた家の茶の間には夫の親戚が顔を揃えていた。

「よくおでんしたね」

義父の兄姉たちがねぎらいの言葉をかけてくれ、皆が笑顔で柔らかな歓待《かんたい》の中で私は固くなっていたがすぐに打ち解《と》けることができた。、皆、人の良い人で、作品に実名ではないにせよモデルとしたことは間違いないが、作品と目の前にいる良い人ばかりの現実との落差に仰天したと同時に、書くということの怖さを改めて痛感した。

「仕方ないのよ、小説家を家族に持つということは、覚悟しなければなんねえのよ」

叔父が穏《おだ》やかな笑顔を見せつつ静かな声でいった。

「戦後のあの頃は、みんな自分のことで精いっぱい、親戚の誰もが皆困っていたものね、小さないざこざで恨みが育つのも仕方ないんだ」

叔父は何の恨み言も言わなかった。

まだ冬には間《ま》があるはずが、夜になるとみぞれ交じりになったのか、雨がかぎりなく鋭い音で屋根を打った。祖母は死ぬまで、孫である夫から届いたハガキを一枚、布団の下に敷いて寝ていたという話も出た。

「なんぼか可愛かったことか」

私は夫からこのおばあさんの話は一度も聞いたことはなかった。

叔父は初めて当時の頃の話をした。入籍もならず、町を追われたという義母のことに触れた。

「どこに、長男の子が三人も生まれたのに、籍も入れない家があろうか。まして田舎では家のメンツもあるからそんなことは、ありえない。それなりの事情があったからで……」

長男である義父が亡くなった時、年の離れた叔父はまだ小学生で家の事情など詳しくは知らなかった。

他人にはけっして理解されない物語が家族の歴史にはある。家族とはもっとも厄介なもの、長い哀しみとわずらわしさも歴史の中に、同居している。わかり合えるという大前提の上に家族がいるというのも実はそうありたい希望や願望かもしれないと改めて知らされた思いだった。

それは私の育った「浅草」とはなんと大きな違いだったことだろう。あの時、夫の生まれ育ったその土地に立ってそのことに気づいていたら、より相手を理解できたに違いない。

一生を共にしようと決めたら、相手の生まれ育ちには目を向けた方がいいと改めてそう思った。

娘たちの声

久しぶりに娘たちの声を聞こうと思った。

まず長女に電話、「？　まだ寝ていた。だって昨日はサッカーの試合を夜中まで見ていたから仕方ないじゃない、ママも日曜日くらいは徹底的に休んでいたらいいんじゃない。あとで電話するわ」

長女は起ききれていないらしくねぼけた声を出した。もはや昼はとうに過ぎている。

未婚のまま夫である人に先立たれた長女は、生活のすべてを残された一人息子に集中している。溺愛《できあい》し過ぎだと私とはよく言い争いになるが、その息子もサッカーにのめりこむほどに成長している。

次に三女の麻矢にかける。なかなか電話に出ない。やっと出たが、早口の調子で、「ええ、いま、いまね、羽田なの　これから長崎に行くの、一泊して明日帰るから、ああ、もう行かなきゃ、またね」、あたりの騒音がひどくてよく聞き取れないまま通話は切れた。

麻矢は年中仕事に追いまくられている。

「当然ですよ、四十《しじゅう》、五十《ごじゅう》は働き盛り、いま働かないで、いつ働くの」と叱咤激励《しったげきれい》するのが私の慣例になっているが、仕事の苦労は私もわかるので少し同情してしまう。麻矢は離婚し、その明《あ》くる月には生後数か月の赤ん坊と五歳の娘を保育園に預けなければならなかった。ママべったり四六時中いっしょにいた娘たちを突然に保母さんに手渡すことに大泣きしていた。私も孫が可哀そうでならなかった。

途中入園の当日、私が様子を見に行った保育園の玄関では目に涙した麻矢と泣き叫ぶ孫の姿があり、引き離すのに苦労している保母さんの姿があった。

あの日から麻矢は働き詰め、いまでこそその姿は思い出の彼方になったが、母子家庭の大変さは並の苦労ではなく、いまのたくましさにほっとするばかりだ。社会でもまれてだいぶ強くなったが、生きるに楽という時間はなかなか来ないものだと痛感しているに違いない。

幼い娘を置いての旅も、劇団につきものの巡業があれば、何度も経験してきたことだろう。その娘の成長はより彼女を仕事に向かわせる「現在」になっている。

さて、いま頃次女は何をしているのだろう。早《はや》一年も会っていない。次女の娘、つまり孫である子とは年中買い物に行ったり食事をしたりしているのだが、この孫ももう何年も母親とは疎遠《そえん》になっている。

別に仲が悪いわけでもなく、次女には次女なりの生活信条があって、母親の私にもよく理解できないことが多い。

もっとも孫も自分の母親のことはさっぱりわからないと言うし、家族と言えど永久にわかり合えるなどということはないのだろう。何かあればやはり関わらなくてはならないのが家族なのだから。

次女は子どもの頃から異常な父親っ子で、おかげで相当に浮世《うきよ》離れしたところがある。はっきり言えば変人、社会性に乏《とぼ》しい。母親の私も彼女が何を考えているのかよくわからない。

「ママ、なんか変、世の中が。地震も台風も異常な発生でやってくるよ。でも、ママが健康で元気でいてくれればいいわ。もうそれだけでいい。それだけで子ども孝行だよ。北朝鮮のね、金正恩《キム・ジョンウン》のね、母親ってどんな人だと思う?」

まくし立てられるように、次々話題が変わるのに相槌《あいづち》を打ちながら、しまいにこちらの頭もくるくると使わされて、「じゃあ」といつも私の方が先に受話器を置いてしまう。

次女は次女なりに母親にだけは弱みを見せまいとしているようなのだ。

私も次女なので次女の性格はよくわかる。サンドイッチのハムのように、上下にはさまれつつ、双方に見得《みえ》を切りたいところがある。いわば虚勢を張って生きるタイプだ。

ところで、私は娘たちと何を話したかったのだろう？

自問せざるを得ない通話となり、そういえば三人の娘は共に「何か用事？」という私への問いはいっさいなかったことに気づいた。家族の会話に理論や意味ありげな確信などないのが常のこととして、何の用事かくらい気にかかっても良さそうなものを、どうやら母親は丈夫で元気でいると思い込んでいる節がある。

しかし、気を遣う家族、まして、三人の娘たちに配偶者がいっしょにいるとなればこう気軽に話せないかもしれない。それぞれが五〇歳を超え始めた年齢を思えば、それなりの自立と自活が成立しているのは当然のことで、無駄話ができる親子でいられることは一番幸せなことかもしれない。

なるほど母親は丈夫で元気にかぎる。

母親という母船

長女は未婚、事実婚の配偶者は一二年前に亡くなっている。

子どもは息子一人、それからずっと一人でいる。

次女は離婚して一七年経《た》つがやはり一人暮らし、親戚や家族との縁も薄い。三女は現在三度目の結婚をしているが、別居婚を貫いている。

高齢となった母親の私は、娘たちの人生に、もはや登場する場面も少なくなったが、幸い介護や保護を受けるという必要はないので仕事をしつづけている。

娘たちには子どもの時から都合よく年をごまかしていたから、その仕返しか、いまになって「あらママはまだ七〇代前半じゃなかった?」と言った時はたいてい攻撃が始まるのである。

まだそんな老いてはいないのだから、いじめてもいいと考えている節もある。

いかにあなたは勝手か、わがままか、の文句が多いが、孫の育て方などのことで口論になると、私から見ると痛いところを突かれたので逆上するのだと解釈しているが、そんな時は勢いよくドアを閉めて、泣いている孫の手を引っ張ってそのまま帰ってしまうこともあった。

娘というのは結構母親には残酷なもので、娘たちはいずれも弁が立つので、時々母親の私がたじろいてしまうこともある。

そうはいっても可哀そうがられたり、妙に慰められるよりはいい、といった平気の平左《へいざ》を決めもこむ親ということも娘たちはよく知っていて、どうせ時間が経てばケロリとしているから怒らせたところで何とも思っていないようだ。

事実母親の私もとにかく娘とはよく喧嘩をしたり口論をしたりするが、瞬間に「ふん」といった平静さに戻ることがほとんどだ。

しばらく時間が経てば、娘たちも喧嘩をしたことなどすっかり忘れて、「あのさ」などとそ知らぬふりで電話をしてきたり、季節の花を携《たずさ》えてやってきたりする。

それの繰り返し、実の娘だからできることで、嫁さんだったらとてもこうはいかないかもしれない。

といってそんな時は彼女たちに何かの変化や相談事があったり、まあ、時間があるので訪ねてみようか、といった気まぐれも手伝って私の家にやって来るが、甘え半分を見抜きつつ、「あらどうしたの？」とわざと大仰《たいぎょう》に迎えることにしている。

わずかの距離と時間が親子の関係修復には特効薬、娘ばかりだと姉妹、孫も含めて情報の交換は誰からともなく飛び交っているようだ。

結局話がほぐれてくると遠慮会釈のない話で時間が経つのを忘れ、最後はお風呂に入ったり泊まったり、余った料理をタッパーに入れたりと、相変わらずの生活が戻ってくる。

「母親って母船」娘がいるだけで、やって来るだけで、灯台のようにいつも明かりを点《とも》しつづけたい。娘の人生の航行の安全を見守るのは母親の一番大きな喜びの役目なのだと思っている。

女系家族の中の父

私の家は「女系」、男は父だけ。それも「髪」を扱う仕事の関係で客は女性が多く、父は女言葉をよく使う。

「あたしは（時にあたいともいう）それでいいと思うよ」

「あたしのおっかさんは、きつい人ですが、間違ったことは、言いませんよ」

などと人と話している時も、母と話している時も男性的な言葉を使うのを聞いたことがない。

祖母と母、娘三人、居候《いそうろう》のおばさん、まわりを女に囲まれているのだからいざこざも多く、そういう時、たった一人の男の父は風のように姿を消してしまう。

当時の家族構成からいえば、父は家長としての権限を持って威張《いば》っていて良いはずが、そんなことは微塵《みじん》もなく、思えばいつも人を笑わせ、冗談で人や家族を煙に巻いていた。

正直子どもの頃はそんな父を「男らしくない」と毛嫌いしていたが、なかなかどうして生活の中で落語のような明るい笑いや、洒落《しゃれ》っ気さは、とても重要なのだとだんだん感じるようになった。

寄席《よせ》や歌舞伎、落語など父の生活には欠かせない遊びの中で磨《みが》かれたせいだろうか、習い事も多かったし、お洒落で美食家だった。私は父と顔や体型もよく似ていて、それがとても嫌だったが、いま思えば、やはり男の見方の照準は父にあったのかと思うことがある。家の中で男一人というハンデは父にあったが、女っぽい父が実は男っぽい面をたくさん持っていたことに気づいたのは、父の晩年になってからのことだ。父は愚痴《ぐち》や泣き言《ごと》を言ったことは一度もない。暗い考え方を一番嫌がった。震災や戦争を生き延びてきた父は、常に無一文《むいちもん》無一物《むいちぶつ》を生活の信条としてきたのだ。

母の遺伝

母はといえば福島の大きな網元《あみもと》の長男の娘として生まれたが、二歳の時、父親は海軍にいて「戦艦河内《かわち》」で爆死した。母の記憶では父親に肩車をされて歩いたというが、父親の思い出はそこで停止している。

祖母がまた違う網元と再婚したため、父方の親戚をたらいまわしにされて育った。

母は一八歳の時、東京にいた叔母の紹介で父と結婚した。その叔母も再婚で子どもを二人連れて再婚し、再婚相手の長男の嫁に母を迎えたのだ。母は育ちのせいか、愛嬌《あいきょう》があって陽気な人という印象はない。ただ、とても器用な人で裁縫、料理、編み物、家事はなんでも自前でこなした。

母は私の家のいっさいの家事をこなし、孫の面倒も一手に引き受けてくれた。

一番下の孫、三女の麻矢にはなんでも手とり足取りして教えたりしたが、長女や次女には一線を置いて育てていたように見受けられる。

母は勘のいい人で、家庭的な教育を孫たちにすれば父親である私の夫とは対立すると考えていたようだ。私や夫が忙しくて三女の麻矢にまで手が回らなかったのは幸いで、仏壇に手を合わせることやこまごました家事のありようをこの孫だけには、丁寧《ていねい》に教え込んだ節がある。


母の凄いところは八〇歳を過ぎてもひ孫の世話までしていたことだ。

私たちの離婚後、両親は小さなマンションで今度は姉の娘の子、つまり孫の子ども、ひ孫の世話を一手に引き受けていた。愚痴も苦情も言わず、黙々《もくもく》と可愛がり育てていた。私も娘たちもいま頃になって「おばあちゃんて凄い人だったんだねえ」といま気づいたかのように話すようになった。自分が何をしたらよいのかよく知っていたし、身体を使って働き、朝・昼・晩の食事をつくり生活のリズムを壊すようなことは絶対にしなかった。

自分の生活を崩さなかったのだ。

「人の世話にはなりたくない」と言い、父が亡くなると、さっさと姉のところに行き、それ以来、あんな器用な人が何もしなくなってしまった。

「ここは私の家ではないので、置いていただいています」が口癖で愛嬌がないことこのうえない。

ときどき私が行くと唱歌を唄ったり、散歩をしたり、毎日空を仰いで飛行機を見ていた。母には老いて、たとえ娘であっても負担をかけたくないという矜持《きょうじ》があった。

母は毎朝起きるときちんと化粧をし、お洒落に気を砕いていた。それは昔からの習慣で死ぬまで変わらなかった。

自分の役目を自覚し一人の時間を残す者のために使っていたのだろうか、遠い親戚の連絡先、お寺さんの行事と金銭の約束事などをしたためたノートが残されていた。

九七歳で母はあの世に旅立った。

介護も老後の面倒も私たち娘はいっさいしていない。胸が痛いというので救急車を呼び、その救急車の中で息を引き取った。

あっけにとられるほどあっという間の見事な死出《しで》の旅立ちだった。結局「孤独に強いしっかり者」の母は、私たちの心に尊敬の思いを消すことなく、さらりと幕引きをしたのだ。見事な一生だと思う。

慌てず騒がず、マイペースで生きることの大切さ、華美《かび》にならず、質素でありつづけること。

私はなにより生活のリズムの意味を母から学ぶことができたのだと思っている。孫にあたる娘たちはいまとなって、どんな時も顔色一つ変えないで生活を守り抜いた祖母を心の強い支えとしているのではないだろうか。

特別手塩にかけて育てられた三女の麻矢の頑張りは祖母に当たる母の遺伝か、教えの賜物《たまもの》か、そんな気がしてならない。

親と子という運命

子どもは親を選んで生まれてこない。親もまた生まれる子を選べない。

宇宙の約束で「縁」あって親子になり、生涯を通して付き合う運命にある。母から子どもの数が多ければ多いほど親の性格がわかると言われた。どの子にも親の性格の片鱗《へんりん》が現れるもので「ああこれはお父さんゆずり」、「お母さんそっくり」といった言葉は親子の縁の表れで、血の濃さは争えないと言っていた。

「癖」というのもその表れかもしれない。逆に「気が合わない」という気性に関しては親子でも姉妹であっても反発し合うのも、不思議な「縁」のなせる業《わざ》でどうにもならない。

私は結婚して五年間に三人の娘に恵まれた。良くも悪くも各々《おのおの》極端に異なる性格の娘たちだ。

考えてみると、確かに私たち二親《ふた》の性格に符合《ふごう》するものを全部それぞれに持ち合わせていることがわかる。

長女は神経質の割に図太いし、次女は頑強にわが道を行く生き方を押し通すし、三女はエネルギーを満開にして突き進んでいく、なんだか皆「普通に」にほど遠い生き方をしている。

どれも私たち両親が持っている性格のどれかに当てはまる。

昭和三八（一九六三）年生まれの長女を身ごもった時、私は二三歳だった。六歳上の夫は二九歳。それまで「どうして子どもができないのか？」と一年も言われつづけた。妊娠を告げたのは総武線の一番前の車両、前面に長い線路が広がっているのが見えた。

その時の夫の顔の輝きをいまでも忘れることはできない。

「女の子がいい、絶対に女でなきゃならない」。車中に響くような大声でつづけた。後で聞いたのだが、自分は男三兄弟、孤児院も男子だけ、学校も男子校、いやというほど男の子のことがわかるからという理由だった。本当は女の子への憧れのようなものがずっと心にくすぶっていたのかもしれない。

希望通りの女の子の誕生だった。目の中に入れても痛くないという可愛がり方だったが、この子はおとなしい内向型の子で親にとってはまったく手がかからない代わり、どこか痛々しい感じがいつもついて回った。

年子のようにして次女が生まれると長女は情緒不安定で「小児ノイローゼ」という病名がつけられた。反して、次女の天衣無縫《てんいむほう》さは生まれた時からで母親の私は手こずったが父親である夫は面白がった。

家族の相関図は子どもの頃に決定づけられた。

長女はそれからもずっと静かで几帳面《きちょうめん》で掃除好きだった。次女の方は何しろ父親という絶大な庇護者《ひごしゃ》を楯《たて》にしてやりたい放題、男の子のようにいつもズボンをはき、無類の動物好きでヘビやモグラや鳥をポケットに入れ私を驚かせてばかりいた。なぜか彼女のまわりには野良猫や野良犬が寄ってきて、主人と共謀して内緒で書斎の隅で飼っていたりした。その都度大喧嘩になるが「小説に書きたいから」という主人の一言で、私の方が引きさがらずを得なかった。忌《い》ま忌ましいが、わが家では「書く」という言葉は金科玉条の威力を持つ。書くことは私たちが生きることとなのだという教えは幼い時からの親である私たちの口癖だったのだから。

好きにして良い

戦中戦後の時に親であった人なら、子どもに不自由はさせたくないと痛感していたことだろう。食べ物のない時代の苦労を知っている人なら、物のない不自由さを知っている人なら、なお二度と子どもへ同じ苦労はさせたくないと思ったはずだ。その思いが馬車馬のようなエネルギーとなって日本を高度成長期に向かわせたに違いない。

夫は人より強烈に、どこの子よりわが娘たちには、ぜいたくをさせたい、わが家だけは別天地にしなければならないという強迫観念があったように思う。

後で考えればそれは娘たちにとってけっして良いことばかりではなかったこともあるのだが、娘たちへの態度の中に甘い父親である部分と、自分自身の子ども時代への回顧《かいこ》と憧れもあったのかもしれない。特に次女には「こんな子ども時代を送りたかった」という夢の実現を見ていたのではないだろうか。

「人間は時間の生物、時間を忘れられることがあれば一番幸せなことなのだ」

つまり好きなことをしていれば時間を忘れるという真理なのだが、だからそうしてやりたいという願望が父親としての教育姿勢の基本になった。

「学校や教師が教育をするとはかぎらない」

そう言われたって、と私は思うが彼は思わない。

「学校は行かなくていい」

彼は娘たちによくそういい、何事も考え抜き、表現できる人間になることこそ生きることなのだと言明した。何か言いたいこと欲しいものがあれば、しっかりその理由や希望を書き持ってくるように、というのがわが家の不文律……いま考えてもこれはとても大変な作業だったと感じる……。

好きにして良い、というのが一番人間には難しいのだから。

夜中のおままごと

次女はいつもどこからか捨て犬や捨て猫を拾ってくるのは当たり前になっていたが、なぜ目につくのだろう、なぜ彼女だけが見つけるのかわからない。犬や猫だけでなく、トカゲやカエルやヘビもポケットから飛び出してくるので「ママ」と呼ばれるとまず私はおじけづいてしまう。

この子には動物に対しての何か不思議なテレパシーがあるようだ。

どうしても街頭で売られていた猿を買ってほしいとねだったのは仙台でのことだった。「あの子が私に飼ってほしいって言っている」ときかない。座りこんだら最後、テコでも動かず、根負けした父親がそれならと財布を開いたのだが、冗談ではない、制止して頑として許さなかったのは母親の私だった。

そうでなくても家には犬三匹猫二匹、庭の木には野良猫が何匹も居座っているのだ。

「あの猿《さる》は凶暴でばい菌を持っているよ」となだめた長女にも噛みつく騒ぎ、挙句、結局引きずるようにして連れ帰ったのだ。

何十年も経ったいまもその猿のことを恨みに思っているようだ。

「動物には異常に優しいのに、対人間に対しては『?』がつく」と私が言い、「いや、彼女には人間より動物の方が親しみやすく、動物もこの子には従順なのだ、この能力は見えないものを見ているのかもしれないからねえ」と言う父親との対立になってしまった。

結局この話は金子みすずの詩の解説と、見えない者に価値があるという父親の話ではぐらかされてしまつた。

青いお空のそこふかく、
海の小石のそのように、
夜がくるまでしずんでる、
昼のお星はめにみえぬ。
　見えぬけれどもあるんだよ、
　見えぬものでもあるんだよ。

（金子みすゞ「星とたんぽぽ」）

父親の説得と猿事件との関わりはさっぱりわからない。よくこういうことがあり、いつも父親の「論」が優先してしまう。見えないものが見えるから、それがどうしたと言いたいのに、当の次女はそんなことはお構いなし、勝ちほこったたように鼻を膨らませている。奔放といえば奔放、めちゃめちゃといえばめちゃめちゃだ。

長女はそばで黙っている。同じ親からどうしてこんなにも違う性格の姉妹ができるのか、不思議でならない。次女の夢は森鴎外《もりおうがい》の娘、森茉莉《まり》さんであることは最初からわかっていたが、自分の最大の理解者として、保護者として、父親を信じきっているのはファザコンから抜け出せない性格をつくってしまうと私は夫に言いつづけていた。

勝手にふるまうことが父親を喜ばせていることを知っている上、いたずらをしては、嘘をついたりするなど、父親をからかっていた。

書斎に勝手に入り込み、捨て猫を本棚の隅で飼うことにも躊躇がなく、なくなった私の毛皮のオーバーが猫の下に敷いてあった時は逆上して追っかけて頭を叩《たた》いたが、結局私の頭も主人に叩かれた。

それならばと、私の方も父親が寝ている時や外出の機会を狙って叱《しか》る時間を考え呼びつけるのだが、なんと防空頭巾を頭に付けてやってくる。父親の溺愛が集中的に、次女にいったから、彼女の不安はいつも父の不在だった。

「思い切って子どものままに甘える」

困らせれば困らせるほど父親の顔がほころんだ。それが大人になってから彼女にとって良かったか悪かったかは、母親の私にもわからない。

娘と父

長女は長女なりに妹を庇《かば》おうとした。傍から見ると妹の言いなりになっているように見えるが、ブレーキの利《き》かない目に余ることには難色を示すことで、妹の関心のほこ先を他に向けさせることで落ち着かせようとしていた。

長女は小さい時から長女の気質を持っていて、幼い時の親の苦労の片鱗の記憶があるせいか、神経質で心配性な性格はずっと変わることはなかった。

あれ、どこに行ったのか、と探すとたいてい家の掃除をしていた。ある時はトイレにしゃがみ込んで二重のトイレットペーパーをはがしてもう一つのロールをつくっていたこともあり、彼女なりに家の経済を考えていたのだろうが、涙ぐましいまでの作業にあきれてしまったこともある。もっとも子どもの頃からトイレが好きで、水洗の水を流し流して「お水さんありがとう」を繰り返していた。

「うんちさんありがとう、さようなら」は毎度のことだった。

家中の洗濯物をきれいにたたむのも彼女の仕事、茶碗をぴかぴかになるまで磨くのも彼女の仕事だった。


そんな娘たちに父親は娘たちに丁寧な敬語を使った。

いい父親でいたかったのだろうか。思い通りに生きてほしいために贅沢三昧《ぜいたくざんまい》に育てたいという思いがひしひしと感じられる。それが当たり前になってしまったことは大人になって彼女たちの障害になっていたのではないだろうか。

不自然なほどの理解度を親が子に持つことなどはありえない。

そんな父親が理想像になれば、男性の大方はすべてにおいて失格ということになる。

「子どもの頃の苦労は買ってでもしろ」ということわざがあるが、苦労のいいところは他人様の姿がよく見えることと、親孝行の思いが心に湧いてくることだと私には思えるのだが。

娘たちの性格

ところが上の二人の姉とはまったく違うのが三女の麻矢だった。

小さい時からこの子の意志の固さは筋金入りで、当たり前に学校へ行くだけで、「君はえらいねえ」と褒《ほ》められることなど意にも介さず彼女ならではの一本気な頑張りを見せた。

幼い時期に私の母、つまり祖母の薫陶《くんとう》の賜物のせいだろうか、父親や姉たちへの反発もとても強かった。仏壇に手を合わせる、学校には毎日行く、食事はきちんととる。習い事はする。当たり前のことを当たり前にしないなど、自分にも許せなかったのは姉妹でもこの麻矢だけだった。

姉二人に父親が加勢する。祖父母に育てられた麻矢は姉妹からは距離を置きながら当たり前に成長していったとしか言いようがない。長女には長女の性格ができ、次女には次女の性格があり、三女には三女の末っ子としての役目が「家」にあって出来上がっていったはずなのだが、時を経て大きな苦労をしたのは姉妹全員同等であった。

私たち夫婦の離婚で急転直下、天と地ほど違う環境に放り出されたのだ。

「お姉ちゃんだから」と言われた長女のプレッシャーは計り知れないし、次女は父親という柱を外され、三女は自分は捨てられたのだという意識を持ちつづけて生きざるを得なかったようだ。

いいことは長くつづかない方がいい、悪いことの免疫《めんえき》こそ、生き抜くには大切な要因だと痛感する。娘たちに対し、いまも泣きたい思いが私の心によぎる。

その娘たちももはや成長し、過去をも冷静に見られるようになったようだ。


思えば、娘たちの性格は時代やわが家の経済状態と密接に関係していると言えそうだ。

長女の生まれた時は親の方も生活に不安があり、貧乏でもあった。第一、都落ちしないよう、子どもの名前にまで「都《みやこ》」とつけたくらいだから推して知るべしだ。

次女は姓名判断の好きな親戚がいて「綾《あや》」。

三番目になると、父親がユーモア作家といわれていた時期で「や」で終わるなら三本の矢にあやかって「麻矢」にしようなどと冗談のような発想の命名となってしまった。

こうなれば四人目も女の子を生んで「おや」とつけて「若草物語」ならぬ「ブタクサ物語」を書く、と余裕のあるものだったのだが、やっぱりここでも「書く」という対象に家族がなっていたのだから、もはや職業病になっていたのかもしれない。

いいことは長く続かない方がいい。娘たちに対し、いまも泣きたい思いがよぎる。
生き抜くための大切な要因は、悪いことの免疫だと痛感するからである。

宇宙とつながる出産

娘たちを産んだ時を思い出す。

出産が苦しくて痛いのは当然、楽な出産などありえないと理屈ではわかっていたが、陣痛が来た時の痛さはどう表現したらいいのか、経験者でなくては到底わからない。私の時は背中から、体半分が引きはがされる感じ、拷問《ごうもん》とはまさにこれなのではという思いがしたものだ。しかも陣痛が来て生まれる瞬間までの時間の長いこと。まる一日どころか二日三日とつづく人もざらにいるというのにおそれさえ感じる。

分娩室に行くまではまさに地獄、真っ暗な闇《やみ》の中で痛みに耐えるのは並大抵《なみたいてい》ではない。

「あなたが生まれた日は母が一番苦しんだ日」とはよく言ったものだ。

「陣痛で苦しいのはあなたばかりではありませんよ、生まれる子もまた苦しんでいるのですからね」

そう励まされて耐えたものの……。

産道を通ると時にあらゆる免疫を子は母から受けてくるという。出産は謎に満ちている。陣痛の痛みの間隔は実に正確で狂いがなく、痛みも最初の頃は時計とにらめっこしながら、「そろそろ来るね」と笑いも手伝っているが、痛みが激しくなるにしたがって、笑うどころではなく、その時になってやたら母の顔が目にちらついてきた。

「母もこの思いで私を産んだのだ」

という感慨と、「よくまあこの痛みに耐え、子を産みつづける女性とはなんと強い生き物だろう」という思いも頭をかすめた。

長女の出産では丸一昼夜苦しんだ。するりと身体から抜け出た瞬間、嘘のように痛みはさらりと消えていた。

「あ、宇宙とつながった」

正直そう思った。身震《ぶる》いするほどの感激が湧いてきた。この世とあの世がつながる宇宙を、子と自分に当てはめるなんて、と笑われそうだが、実際それが、だんだん感謝に変わっていくのが、自分でも信じられないほどだった。

あんな苦しみの中でいっしょに頑張ってくれた子への愛しさをどう表現したらいいのだろう。母親は最初から子どもとの二人連れにあるのだと実感した。「ヤッター」と勝利できるような達成感は母親だけのものなのではないだろうか。

出産の話はことあるごとに娘三人に話して聞かせた。

出産のことはけっして忘れずに覚えておいた方がいい。それより、女と生まれたかぎり、子は産むにこしたことはない。子どもはいつも自分の生まれた日のことを聞きたがるようになる。私も飽きずによくまあ、と感心するほど「私の生まれた日のことを話して」と娘にせがまれるたびにお風呂に入りながら、また寝る時の物語として話した。

叱られた後にも、「でも私の生まれた日はあったのでしょう」と目をキラキラさせて聞いてくる麻矢の「出生のドラマ」。彼女は彼女なりに創造力豊かにつくり上げていたようだ。出産もまた女性の生活の創造性の出発点になると、老いるとますます確信できた。子を産む大事業をできるならば経験してほしいと思うし、育児を通して、命の重みやその大きさこそが母親から子への最大の贈り物のような気がしてならない。

誰の子でもいいから子どもを産みなさい

娘たちに私は、「誰の子でもいいから子どもを産みなさい」と、ことあるごとによく言っていた。人が聞いたら眉《まゆ》をひそめるような一言だが、子を産み育てればどんな状況の中であっても自分とのつながりになるし、人生が膨らんでくるという意味なのだが。

不謹慎な、不真面目な、と思われるかもしれないが、私は人を好きになることと子どもを産むことの二つは女性にとってとても大きな生命力の要素だといまでもそう思っている。

言われた当初は娘たちもあきれていたが、そのうちに勝手気ままなことを言う母親だ、ぐらいに捉《とら》えてくれるようになった。娘たちも子を得て合点した部分もあったのではないだろうか。

私は娘たちの出産のすべてに立ち会っている。孫の誕生はつぶさに記憶している幸せなおばあちゃんなのだ。

長女は未婚のまま初産を迎えた。

大病院の完備された医療をうたい文句としている産科で予定日をずいぶん過ぎてからの出産で、なお高齢出産でもあり、正直私はとても不安だった。案の定お腹の子は成長し過ぎて大変な難産となった。自然分娩ではきつい状態だったのだ。

なかなか分娩室のドアは開かない。

突然現れた医師はつったったまま「会いたいですか」と聞いてきた。

「はあ、どういう意味ですか?」

「いやあ、ちょっと危険な状態なので」

「はあ?」

「出血がひどくて輸血が必要かも」

「どういうことですか?」と、気色《けしき》ばんだ私に医師は今度はおろおろして「僕は担当医ではありません、ごらんなさい、僕だってこんなに血だらけ」

この一言には愕然《がくぜん》とした。こんなお粗末なことを平気で口走る医師がこんな大病院にいたのだ。おろおろドキドキハラハラの出産の後、長女の体調はいまだ不調がつづいている。さらに生まれた息子は、さまざまに持病を抱えていて彼女の心身の休まることはないまま現在に至っている。

夫になるべき人との結婚はのびのびになったまま、子どもが一年生になった秋に彼は突然サウナで熱中症のため命を落とした。以後一人で息子を育てているのだが、彼女の生活の大部分は子育てに集中し他のことに目がいかないように見える。息子の身体が弱かったということもあり、やはり気がかりだったのだろう。息子と一体感を大切にし過ぎてかえって悪くすることもあると言ってはよく私とは口論になる。

「可愛い可愛い」と甘やかしてしまえば伸びるものも伸びないと私は言い張るが、本当のところ、それ以上言えないのは男の子の扱いに私は慣れていないせいもある。

小さな子どもの頃ならいざ知らず、小学校を卒業する頃には、面食らうことばかりだった。

とっくみ合って和解

長女の産んだ男の子の孫に、どう接していいのか悩んだこともある。

彼が小学三年生の頃のことだ。中学生になった時、誕生日に買ってあげた自転車が乗らないまま車庫におきざりになっていたのを見た私は「自転車の練習をしなさい」と言ってその孫と取っ組み合いの大喧嘩になったことがある。その時、向かってくる男の子の力がどれほど強いものか、取っ組み合った挙句、ひっかき傷をつくりほうほうの体で家に逃げ帰ってきたことがあった。

「ママやめて」

喧嘩の間、傍で長女は金切り声をあげていた。

「止めるお前の方が悪い」と今どは長女に詰め寄った。しかし、あの時の喧嘩は派手だったがなぜか爽快《そうかい》さもあった。男の子はよく喧嘩をするが、あとくされなくていいなあ、といった思いがよぎった。

一週間が経った頃、孫は片手で自転車に乗りその雄姿を見せてくれた。

「やったね」と拍手した。孫との共通の思い出がつくれた。

長女の子の孫には父親不在の哀しさを常に感じるが、嘆《なげ》いていても救いがない。接し方に迷うことはあっても見守る努力はしようと決めている。

父親を通して男を見てはいけない

父親べったりだった次女が結婚した相手はきわめて普通の男性だった。

学生結婚に近い形だったが危ぶんだ通り、まず経済的な問題が生じた。勤め先に娘が電話をしまくり変えた仕事場は倒産と、踏んだり蹴《け》ったりの結婚生活だった。

それでも娘はのんきなままで、もらった給料は一日で使ってしまうし、野良猫はアパートに住みつくし、本ばかり読んでいるし、といった生活は変わらず、破綻が来ないわけはない。生まれた女の子はねこっ可愛がりに可愛がったが、そうかといって育児に熱心というわけでもなく、物心付いた娘に猫を「イヌ」と教え、犬を「ネコ」と教えるなどの常識はずれの接し方をしていた。いわば子どもから大人へなれなかったのだ。

母親の私が、婿に別れた方がお互いのためではと助言した。

驚くくらいあっさり娘たちは離婚してしまった。

彼も、世間的に名の知れた義父を絶えず意識せざるを得ない生活に疲れ切っていたのだろうか。ほっとしたのか、そのまま、帰郷し東京を去っていった。次女から見れば、どうにも頼りない夫と感じていたようで、生活に自信が持てなかったのかもしれない。

喧嘩は絶えないものの両親である私と井上さんの仕事中心の生活を見て育った娘には、大学を出て普通にお勤めをして家庭を築くという平凡な毎日がどこかで退屈に見えたのかもしれない。

「ハッキリしたことを言わないから、話し合いにならない」と言うが、議論を戦わせたり自己主張をするのが普通の家庭ではめったにないということが次女には理解できていなかった。日常の「癖」は見本になぞってつくられる。次女の結婚生活の見本が私たち夫婦だったこともあり、狭い視野の中でもがいていたのだろうか。

この時、私は離婚した方がいいと言ってはみたものの、別れさせてしまったのは私ではなかったのか、と思うほど落ち込んだ。

よくよく考えてみれば、良い状態で親離れできなかったことが最大の原因だ。

父親が健在でそれなりの経済力を持っていてなんでも言うことを聞いてくれるという思いが次女にも、そして長女にもあったように思う。困れば父親の庇護があり、娘時代のままに、わがままを聞いてもらえる。その意味では「ファザーコンプレックス」の典型といえる。また父親の方は「娘コンプレックス」と言わざるをえない。

父親を通して男を見るのは実は一番危険なのではないだろうか。

父親からの脱皮と自立心が芽生え、父親を見返したいという思いが自立につながると思うからだ。苦労した親が子どもに苦労をさせるのは苦痛に違いないが、父と娘の関係では、厳しい面を無理しても見せる方が良かったのかもしれないと、ふと思うことがある。

娘たちの結婚

離婚同様、私は娘たちの結婚に口出ししたことはない。

もっともすべて事後報告なので口の出しようもないのだが。

父親である井上さんも根掘り葉掘り聞くこともなく興味も示さなかったようだ。

無関心で無感動のように見えた。

何かの縁やきっかけで結婚にこぎつけたとしても、「それはそれは」といった意味のない感想を漏らすくらいで、相手の親や親戚に会うことも会いに行くということもなかった。それが当たり前のことのように許されたのは、おそらく「有名人」という他者の目の判断だったと感じることもあるし、かつての私たちの結婚の時の井上さんの母親の考えと相通じるものがあった。

「結婚は当人の責任で自由にしてほしい」と達観していたとしても、縁あって家族の一員になるのだから無関係ではいられない。他人はどこまでいっても他人という他者への拒否反応、不信感はぬぐえなかった井上さんもまた、また哀しいほどの孤独に耐えていたのかもしれない。

「君たち自身が一人で生きられればいい」という生きる覚悟の表れとして、自分の傍にいられるかぎりはすべてをかなえてやりたいという、そんな父親が私の娘たちの父親の本音だったのだ。そのせいか、娘たちの結婚生活の話題が出たこともなかった。

三女のこと

麻矢のことが最後になった。

子どもの頃から自他共に認める「ママっ子」だ。毎夜眠る前に私に手紙を書いて渡すことが日課になっていて、それは高校に上がるまでつづいた。

その反動か、家庭や育児に時間を割《さ》かなかった父親に冷めた目で抵抗しつづけていた。姉二人が共謀して学校のずる休みを計画して誘っても絶対に乗らないのが彼女で、意志は固いし体を動かすのが大好き、家族で一番ノーマルだった。

何かがあって父親と二年ほど口をきかなかった時は、さすがに父親が根負けして手を変え品を変えなだめたが、頑としてきかない。困り果てた彼は、当時高校野球に熱中していた三女にすり寄って甲子園に野球を観に連れて行くということで口をきいてもらえたというエピソードもある。

人一倍頑張り屋だった。姉二人におだてられて「うんうん」うなりながら三人分の布団を押し入れに入れている朝の風景などを目にしたりもした。これまた姉二人が家から追い出された時などは彼女らに呼び出され、お菓子や飲み物を運ぶのも彼女の役目だったようだ。いいように使われていたが、やがて姉たちのことを無視して学校に行き、体育に精を出し、クラシックバレーも習いだした。

といっても、この娘も極端で、学校に早朝五時頃行くのでできれば登校時間に来てほしいと先生から連絡があった。いずれにしても娘三人は私たち夫婦の性格の極端な面が色濃く出ているのは間違いない。

私たちの離婚の時、一番傷ついたのは麻矢だったかもしれない。その頃彼女は自分の意志でフランスに留学していた。留学を自分一人で決め、たった一人で旅立って行ったのだ。

勉学の途中で日本からの送金が途絶え、突然に両親の離婚を知らされたのだからどれほどびっくりしたことか。何かあったとは思っていても自分の家庭が知らない間に崩壊してしまう、よく持ちこたえたと思う。

帰国後すぐに精神的に不安定になり、難病になったり、ヘルペスで床に就《つ》いたりしたが、その間私は内緒でかつての自分の家に入り、ベットの上の彼女を無言で抱きしめていた。

その時も「ママが一番大事」と言いつづけていた。

姉たち二人は、どこかドラマを観るように親の別れを受け取っていたように見えるが、外国にいて親の離婚をたった一人で自分の心に受け止め、苦しみ抜いていたのだと思うと、いまでも胸が締めつけられる。

離婚後も麻矢とは何かあれば会っていたので、距離的には一番近い所にいつもいる。昔もいまも私たちが離れたことはない。

愛し、傷つき、生きつづけ、あきらめよ

麻矢の三度の結婚、離婚と再婚もドラマティックだ。

最初の結婚は同僚の新聞記者、彼の浮気がばれた瞬間に離婚届を出してしまった。

電光石火とはこのことで相手からなんの理由も聞かず、言い訳も受け入れずといった潔癖ぶりだった。その時、父親である井上さんに相談しているが、離婚の苦しみを共有できたとして、父親は即離婚をすすめたそうだ。ただし、両親のようにこじれてしまった離婚から彼女が学ん

だのは、たとえ夫婦は別れても子どもにとって父親は父親であってほしいという願いから、いつも行き来自由という認め方で、友だちのように親子の行き来を容認している。

二度目の相手は医者だった。

この人とは娘の連れ子になる孫との仲がうまくいかなかった。一番多感な時代の子どもの面倒は若い男性には苦痛であったと思う。短い結婚生活は風が抜け去るようにあっという間に過ぎていった。

三番目はずいぶん年の離れた人といっしょになった。

私とほぼ年の変わらない人で、むしろ、いたわりや思いやりの方が優先してくれる度量を持っているので、彼女もほっとしたのだろう。仕事もあり、寛容に受け入れられたのは、彼には、仕事を持ち子を抱え奮闘している娘を応援してあげたいという気持ちの方がより強いからだと私には映る。

事実、いま麻矢は仕事で追われているが一番安定している精神状態にあるようだ。

麻矢には父親が亡くなる前に劇団の跡取りに指名していったことで責任感が重くのしかかっている。

一番気の合わない娘に後を託《たく》したのは不思議な気もするが、投げ出すことはないという確信が父親に大きく働いたのではないだろうか。その通り、その役目だけはなし遂げようと必死になっている。どこまでいっても真剣さとエネルギーは誰にも引けを取らないので、自分がやるべき仕事から逃げ出さない予測は父親に読まれていたともいえる。

それまで長女が代表を務《つと》めていたことを思えば、なんでいまさら代表を変えるのか、と私も最初は愕然とした。姉妹の中にも亀裂《きれつ》が入るだろうし、感情的にもこじれる。納得いかず、これで家族も終わりかと思った。

しかし、これはただごとではないと感じたのは、麻矢の家に泊まりに行っている時の夜中にかかってくる父親からの長電話だった。電話は夜中から朝までつづき、メモやら書類の出し入れなどもあり、結局徹夜のまま三女が仕事に行くことが何日もつづいた。

彼は何かに取り憑《つ》かれたのではないだろうか、と勘繰りもした。

が、父親がこの娘に最後を託していったことがいまは必然だと理解している。正直に自分に対峙し、けっして仲が良かったわけでもない娘なら冷静な判断を持ち、仕事として任せるに安心感があったのだと私は納得し始めていた。

仕事一筋、書くということを最後まで生き様としたいと生きてきた人の矜持がそんな結論を出させたのだと思うようになった。

「僕の仕事は芝居しか残らないのだ」と何度も麻矢は聞いていた。

長女も次女も自分の分身として、あまりに身近過ぎた。

自分が亡くなった後の混乱を想定し、感情的になる子では持ちこたえられないという不安材料もあったのだろう。どんな時も身内には冷たさを持って挑まなければならないという作家の哀しい矜持を持ってきた父親は、覚悟して三女に託したのだ。

そうでなければ長女や次女に死を覚悟の入院の際にも見舞いを拒否、葬儀の参列も拒否とはならなかったはずだ。会えば可愛さで気が緩《ゆる》んだ、いや、あえて父親を切れという願いだったのかもしれない。

その不自然さ、違和感をずっとぬぐえずにいたが、時間が経って改めて、死を現実として受け入れたくなかったのは作家である本人だったと推測する。恨んだり呪《のろ》ったり、意地悪したり、負の作業のなんと愚《おろ》かなことか。本当はどんなことがあっても、娘であるという事実と、家族であったという過去の時間に「ありがとう」と言えるようになりたいと思いつつ、それができない性格を持っていたとしたら……やはり寂しい。

娘たちの別れた旦那さんやその親戚との付き合いを私はいまもしつづけている。

娘たちもあきれているが、ことあるごとに訪ねてきたり電話で孫の情報を話したり、ご飯をいっしょに食べたりと、うれしい時間を過ごしている。

私にとっては孫との接着剤のつもりだ。

本当に、人生なんてなんと短くあっけないものか。縁あっての付き合いをバッサリ切ることを、私はいままでの経験から二度としたくない。一番単純なはずの家族の関係は一番面倒くさいものになり、それでも逃げ切れるものではないなら、とことん付き合うしかないと思っている。だからこそ、そのつながりは大切な思い出になっていくはずだ。

人は人を愛さなければもっと簡単に生きられるかもしれないが、それでは人生とは言えない。織りなすドラマに喜怒哀楽はつきもの。人を愛して別れ、傷つくからこそ、最後はにはあっさりさよならと死んでいけるような気がしてならない。

愛しなさい、傷つきなさい、生きつづけなさい、そしてさらりとあきらめなさいと私は娘たちにそう言いつづけていくつもりだ。

成長する孫たちへも同様のメッセージを贈りたい。

孫力――命の循環

三人の娘に感謝をするとすれば孫を産んでくれたことに尽きる。可愛いから、責任がないから、といったことではない。確かに無条件の可愛さはあるが、何かにつけて、子どもの頃から私という祖母に預けてくれたことに感謝してもしきれない。

私も娘たちを育てていた時は自分が健康でしっかりしていなければとずいぶん緊張して子育てをしてきたが、孫に関しては余裕もあり、育児に完璧などありえないという楽観的な基本もわかったこともあって、心にゆとりがあった。

娘たちから呼ばれれば、ほいほい出かけて行き、孫を見、そのたびに言い知れない何か、死の順番が自分にも来るのだという事実を、自然に教えられるようななんとも悟りのような心境にもなった。少し大きくなってからは、当時岩手の田舎にいた私の配偶者のもとで、夏休みや冬休みになると、孫と私とで長い休暇を過ごした。夏は畑仕事をしたり、冬は雪の中で一日中遊ばせた。

子どもにとって田舎があることは、とても幸せなこととしみじみ思った。

私は娘の時の育児を思い出しながら、孫中心の生活の醍醐味を満喫《まんきつ》し、確かに「孫力」というのはあると実感した。

孫相手の子育てにおいてめったに怒ることなどない。孫たちがのびのびするは当然で、穏やかな子どもの笑い声に出会うことは普段の生活の中では味わえないことだ。「それは娘さんの子どもだからよ」と言われるが、それもよくわかる。気を遣うことはないし、嫁だったらとても言えないしできないということはあるとも実感する。

私はできるだけ孫には「生活」を教えたいと思っている。

買い物や漬物などもいっしょにやるし、料理も裁縫もできないながらいっしょにやる。当たり前の生活の喜びを教えないと、生活の根ができないということを娘を通していやというほど思い知った。娘たちには申し訳ない気がしてならないのだ。

特殊能力や才能など最初から持っている人間などいやしない。娘たちには教えられなかったことを、いま孫に伝えたいという思いもある。孫を見て私の子育て一丁上がり、という心境なのだ。

娘たちには、あなたたちも孫を持てばこの気持ちがわかる時がきっと来ると言っているのだが、まだ説得力はないようだ。しかし、命の循環は、孫を見て確実に自分の中で確かなものになっている。

再婚考

さてこれから先、娘たちにも何が起こるかわからない。いまは独身でもまた誰かが現れてくれるかもしれない。

再婚が珍しくはないという現代だがやはり再婚は結婚より難しい。どんな人とめぐり合っても、間違ってもその人の背負ってきたそれまでを否定することだけはしないことだ。歩いてきた道は戻れないのだし、心に温存されたものは日を追えば懐かしさに変わる宝物なのだから、そっとしておいてやるのが再婚の心得というものだと私は思う。

その人の結婚の歴史が離婚で真っ白になるものではないのだから。

背中にそれまでの人生の荷物をいっぱい背負ってきて新しく生活を共にしていこうというのは実は所詮無理な注文から始まるとしておかなくては再婚などできやしない。

持ちこたえるには片目をしっかりつむって相手の見てはいけない部分をそっとしてあげるだけの度量も必要になってくる。前の結婚の話題だけはタブーとしなければならない。

私も娘たちも離婚経験者だ。

私の離婚は娘たちが成人してからだから新しい配偶者となった人は相当苦労したと思うが幸いなんらことは起きなかった。

なにしろ娘たちには、母を奪った人という意識はぬぐえないから、辛く当たったのは事実だ。たぶんこの人が私たちの苦労の元凶《げんきょう》という思い込みは娘たちからぬぐえないのではないだろうか。

何かの時、私と娘が私の配偶者の車に同乗したことがあったが、その時は誰も一言も口をきかなかった。何かを言えば一触即発で修羅場になりそうな気配で車中は険悪ムードで息が詰まりそうな時間が過ぎ、娘たちは無言で下車すると挨拶もせずに去っていった。

離婚の試練を感じたのはその時だった。その娘たちも離婚を経験し、やっと結婚がままならないということを実感したようだ。

「こりごり」と次女は言い、こりごりしたという原因が自分にあることを悟ったこともあり、「これ以上男に迷惑はかけられないよねぇ」、と殊勝《しゅしょう》なことを言っている。

麻矢の三度の結婚には、そのバイタリティに感心する。

育てられた娘たちの口から「ママが人を、好きになることはとてもいいことだけれど、また、姓が変わると思うといい加減にしてほしいよね」、などと出ると思わず笑ってしまう。

母親が離婚したにもかかわらず、麻矢の長女の元には別れた夫から彼女宛に誕生日の花が届く。世話になったということらしいのだが、それは彼女の美点で母親のことに関してまるで保護者のような心で常に対処していたのだ。それは本当に珍しいケースだが、「だって仕方ないよ、そういう母親なんだもの」。

一番の母の理解者となっている。包み隠さず心を吐きだせる正直な母に向かい合えたという安心感があったせいだろう。

彼女は別れた実の父親にもいまでは聞き役となってなにかと世話を焼いている。この子がいるだけで何かまわりがほんわかするという性格を持って生まれてきたというより、彼女なりの人間観察の賜物がそういう生き方をつくってきたように思うと見上げたものだと褒めてあげたいくらいだ。

離婚というマイナスも、希望や、より良くなりたいという未来が持てれば、我慢や忍従に悶々《もんもん》と悩んでいるよりいいのかもしれない。

ただし、たくさんの過去の中には財産の相続といった面倒なことも含まれることを思うと、目先の感情だけで動くべきではない。これは私の経験から、処理のまずさに自省《じせい》した悔しい思いも湧いてくる。

離婚には、本当に相当なエネルギーを要するのでそれに対応できる体力と、どんなことにも負けまいという意志と精神力が不可欠だ。お互いが理解し和解などは離婚には望むべきもないが、再婚という次なる一大事業も、前より良くなる、幸せになるなどという保証はまったくないのだから、それを承知で「いま」より先に視点を持っていくより仕方ない。要は前進のために明るく考えた方がいいということだろうか。

「ほどほどの幸せ」

結婚や離婚についての話題は娘と私は女同士であけすけになんでも話せるし話してきた。

孫もみんな適齢期になって、なお話がしやすくなった。

私、娘三人、女の孫三人、女七人が集まれば侃々諤々《かんかんがくがく》の様でにぎやかになることこのうえない。孫を魚にすると、「なぜ結婚したがらないのだろう」などがよく話題になる。「うーんまだ、信じるに足る男がいないからかなあ」などと言われると、「うん、うん」と皆首を縦に振ってしまう。共通の思いが身に覚えのあるせいかもしれない。

美人で聡明で能力もあってなぜこの人が結婚しないのだろうと思う反面、どうしてこんな人がうらやましがられる結婚をするのか、と理不尽な思いがしてしまうことがあるが、「ババ、どう思う?」などと孫に切り込まれると言葉に窮することも出てきた。

「うーん理想を下げればその分男の数が多くなるということはないかしら」

「わかったピラミットを想定すればいいんだ」

「そうそう誰でもいいと思えば、すそ野にはたくさんの男性がいるということかな」

若い女性の生き方にいろいろ選択肢が出てきたいま、結婚が生活にメリットを感じさせないということはないだろうか。

結婚する相手に何が一番必要なのだろうか、といったことも話題に上る。むろん経済は最優先されるが、それだけではない。結婚をしたがっているのも女性だし、同じに男性も本能的にはしたがっているはずだ。なのに、「おちおち結婚し子どもなんて産んでいられない」と現状を嘆く女性と、ちゃらちゃら馬鹿騒ぎしている男性の心も案外冷めていて、理想の夫婦など夢にも描けないという人もいる。簡単にはいっしょに暮らしたくないという若い人も多い。双方が絶望的になっているのかもしれないし、確証がないところに飛び込めないという尻込《しりご》みもあるのではないだろうか。いずれにしても結婚をしたがらない人が増えてきている。

私にとって離婚は半分後悔、半分は納得というスタンスにやっとなったが、大切なものは失ってはじめてその大切さがわかるということに長い間、苦しんだ。家庭の存在がいかに貴重であったか、離婚をすると親は終生子に罪悪感を持っているのだと後悔ばかりの日が何十年もつづいたが、娘の前では、いつものように強気の自分が顔を出してしまい、謝ることさえしていない。人がうらやむ結婚などまずはありえないということを痛いほど知ったし、男と女というのは「ほどほど」の幸せの中で生きるのが一番いいのだと悟るようになった。

でも良いことの後には大きな不幸への落とし穴が待っていて、結局一生を振り返ると幸不幸は五分五分にあって帳尻《ちょうじり》は見事に合っているように思う。つまりは「欲」をかかないことに尽きるのだが、何もないということが幸せとはかぎらない。

しかし、人はなぜ人を好きになるのだろう。

人を好きになってしまったために人生はドラマをつくっているのだと思うが、その善し悪しは千差万別、答えなど誰にも出せない。そもそも、人を好きになるという感情さえ持たない人もいる。そういう人に会うチャンスがなかった、面倒くさい、はたまた決められたレールの上を歩くのが一番と他人に任せ切った人生をすんなり歩く人もいる。なのに、好きという感情が働いたために苦しみ悩み、道を踏み外したり、奈落《ならく》に落ちる人さえもいるのだ。

昔なら義理や同情、人情の機微に触れて「心中」などの抜き差しならないものや、身分の違いから駆け落ちまでしてみすみす苦労を背負う運命に飛び込むことなどもあって、それが芸術まで高められて本の種になったり、歌舞伎や芸に取り入れられたりしたが、現実はどんなものだろう。

私には心中も駆け落ちも幸せの選択とは到底思えないが、それでも思い込む感情が男女共に同じだからいいものの、好きという思いが一方的である場合はかなり深刻なのではないだろうか。

「愛には千の足がある」というほど逃げ足が速いとされる。愛する感情を抱えた時、その行き違いが思わぬ悲劇を起こすことだってありえるのだ。

「愛」に翻弄され、喜怒哀楽を味わい、成就《じょうじゅ》したり傷つきながら生きていくのがきっと「若さ」というものなのだとわかってきた。

しかし生きているかぎり人は人を愛しつづける。それも若い時は鮮明だ。美しさと体力が味方してくれるのだから。人を好きになる、愛するという気持ちを心の中に芽生えることが「人生の入り口に立つ」と考えたらいいように私は思う。

「でもババ、私どうしたらモテるかな?」

孫はよくそんな質問をしてくる。

「モテる」とか「モテない」と私たちは日常的に使っているが、これは異性間で通用しても同性ではあまり意味を持たない。気を引く、大勢の人が寄ってくる、魅力がある、なんていうこととはまったく次元が違う言葉だと思っていてほしい。それほど曖昧模糊《あいまいもこ》で無責任な評価の表現だ。

いや、人を好きになる行為の前哨戦《ぜんしょうせん》かもしれない。

「モテモテよ」などと言葉を重ねて面白おかしく使ったりしたが、考えたら、理想や夢のレベルを下げれば下げるほどどうでもいい人は寄ってくる。理想は高ければ高いほど手に入りにくいのだと心得た方がいい。それでもモテたいなら、どうでもいい人の間を泳ぎ回る覚悟が必要だ。たぶんそれはずいぶん自分を傷つけることになるとは思うけれど。

女性は何のために働くのか

多くの女性たちは働かなくてはならないというのがいまの日本。

身を粉にしてもやらなくてはならない、どんな犠牲を払っても、この仕事をしたいという意志と誇りがあって仕事をしているという人がそんなにいるのだろうか。確かにお飾りとしての女という男目線の仕事は減ったと思うが、本当に必要とされている部署にいるという女性も多くはないのでは。

ではなぜ働くのか、と言えば断然「経済」のためと答えが返ってくる。家計を助け、子どもの教育費を捻出《ねんしゅつ》し、良いか悪いかなど関係なく働かなくてはならない、止むにやまれぬ事情に突き当たっているのが現状だ。

私が女子大に講演に行った時、目を輝かせながら、「結婚したら子どもに子守唄を歌って子育てします」といっていた学生の多くが就職し、結婚し、子どもができて喜びもつかの間、暗い顔に変貌《へんぼう》していくのを見た時、これでいいのか、という疑問に駆《か》られた。

「子守唄なんて歌っている時間はありません」という悲痛な叫びに変わっていたからだ。

一番楽しんでいいはずの子どもとの接点は断ち切られ悲壮感さえ漂わせていた。経済は子どもが増えれば当然その分厳しくなるが、それを覚悟してと言った途端、そんな簡単なことではありませんと目を吊《つ》り上げて答えが返ってきた。

育児の楽しさもどこかに置き忘れされているようだ。

これって本当は、日本の損失ですよね。

娘たちも働くのが当然という現代の中で戸惑いながら仕事をしてきた。私が子守唄の仕事を

女性は何のために働くのか。本当は子どもといたい。
その子どもを育てるために仕事をせざるを得ない現状がある。
写真は元夫のマネージャーとして働いていた頃の著者。

始めた時、真っ先に批判をしてきたのも娘たちだった。

「ママ、何考えているの、暇なし金なし、余裕なし。子育て中に働くお母さんの現状はそれだけではないのよ。職場でのいじめの対象にされたら、それこそ地獄。いじめるのが独身を通して長い間職場にいるお局《つぼね》さんだったら、いじめ方を知っているから太刀打ちできないの。そういうのにかぎって男とは対等に接するし、いっしょに飲み歩くこともできるし、帰宅時間を気にしなくてもいいから、職場の隅々まで網を張っている。女性の敵は職場では男ではなく同性の女性なの。そういう人と仕事しても気なんか休まらないのに子どもに子守唄、歌える？　甘いよ」というのだ。

本当は子どもといたい。その子どもを育てるために仕事をせざるを得ないのだ。

もっとも親戚や地域のつながりがなくなっているいまは、母親同士の友だちや仲間づくりはあるかもしれないが、問題はお金がないと解決できないことの方が多く、知恵で乗り越えることが失われつつあることだ。それが女性の心をひたすら寂しくしている原因のような気がする。

いつ何がどこで起きるかわからない世の中で、弱いもの幼いものが犠牲になっていくことはこれからますます増えていくのではないだろうか。

私とて、できれば娘や孫の応援をしたいと思っていても、その時間とエネルギーを犠牲にして仕事に追いまくられている。やっとそれぞれが自立してきて、さあ、老いてもしっかり仕事をしていこうとしても体はいうことをきかない。

人生ままならないという実感の中で、私たちは次世代に何かを伝えていかなくてはならないのだ。

いい女いい男の条件

「いい夫を選ぶには」というのが、実は私にきた出版社の注文だった。

そんなことがわかれば、私だって再婚まではしなかっただろうに。

バブルの頃に流行った「良い結婚の条件」は「高学歴」、「高収入」、「高身長」の三高と見栄えの方が優先していたのに、いまでは三優、「私」と「家族」と「家計」に優しい人が理想の夫ということになっている。

女性があくまでも「私」中心の理想を掲げているのに反して男性は「尊敬してくれる人」と「甘えてくる人」と自分よりレベルを下げて優位に立ちたい衝動の方が強い傾向にある。いい女にならなければ、いい男なんか手に入るわけもないとは考えもしない。

それではいい女になるにはどんな条件があるのだろうか。

それは私にもわからないが、音楽研究家の長田暁二《おさだぎょうじ》先生が「花のある女性こそ、人生のスターになれる」という話をなさったのがずいぶん参考になった。

①日本語がきれいなこと

これは歌手に当てはめてスターになる条件として挙げていらしたのだが、自分の言葉をもつということは豊かな表現ができるということだ。喜怒哀楽、ユーモア、話術が優れていれば、その人をいかに魅力的にしてくれるかということである。

②物事をはっきり言うこと

これは人生の荒波を潜り抜ける条件。

③嘘っぽくないこと

これが一番難しい。嘘っぽいというのは信用ならないということに違いないが、笑って誤魔《ごま》化《か》したり、目だけは笑わないという冷酷さが現れると心が冷めるということのようだ。そんな女性がいくらいい配偶者にめぐり合いたいといってもまず無理というものらしい。

では、反対にいい男性とはどんな人をいうのだろうか。

私は下町生まれなので子どもの頃から無粋な男は嫌いと生意気にも口にしていた。

「けち」は恥ずかしい評価で男にこれが付いたらまず信用されないし仲間もつくれない。おいしい場所を知らない男も魅力がない。

そう教えてくれたのは現在、御年九〇歳になる柳橋の元芸者さん。いまもハツラツとして自転車にまたがり町を闊歩《かっぽ》している。この芸者さんは若い頃、現役時代は日本の代表的な航空会社の社長の愛人であった。俗にいう「旦那持ち」。柳橋《やなぎばし》にはそういう人が大勢いた。芸者をひく（引退）にあたり、旦那は自宅と軽井沢の別荘と株券を手切れ金としてくれたそうだ。

「そこまでされたらこれっぽっちも悪口は言えないわ」というのがいまでも口癖だ。

いまはそんな時代ではないと私も承知はしているが、関わった女性への責任の取り方は一流かもしれない。むろん老妓《ろうぎ》もその後、腕に磨いた芸を生かし三味線の師匠をしたり、着物の着付けを生業《なりわい》にしたりして、立派に自立をして暮らしているのだから余裕もある。

愛人関係の破綻や遊んだ遊ばれたという男女のいざこざは、結局は「欲の食い違い」。傍から見れば「けち」と、それを見抜けなかった「女の浅はかさ」ということになるらしい。

さて、私なら「生き方を追いかけたい魅力」を男に求めるかも。

会社、名刺、居場所、属性を失くしたら男に何が残るのだろう。

「個」としての矜持を持てないかぎり、うろうろ、だらだら、自信も勇気もなくなってしまうかもしれない。

せめてそれでも魅力を失わないとなれば、立派な「個」としての威厳だろうか。いやいやその男の人生観が楽しく見えるぐらいの「不可解な大きさ」に魅了されつづけたいと、無理とわかっていても望みたい。

「個」を自分の心の中につくるのはサラリーマン社会や、階級や上下や党や組織がある日本では、特に男性には難しいに違いないが、その中でもう一人の自分をつくりつづけるしかないのかも。

「個」でいたら爪弾《つまはじ》きに合うか、排斥《はいせき》されるか、無視されておしまいだとあきらめて流されていた結果が、「個」の確立より「孤立」を招いてしまい、「小さい」、「情けない」、「鬱陶《うっとう》しい」などと夫の退職後の妻たちの声になって反映してくるのではないだろうか。

同僚と酒を飲んだりゴルフもいいが、時に何も飾りのなくなった時の自分を想像してみてはどうだろうか。

私の老後

しっかり老後に入った。

終《つい》の住処《すみか》もないがしかし、生涯かかってもやりきれない仕事と仲間や友だちがいてくれることが最大の私の財産だ。そのうえともかくも娘三人、孫たちという人生の後見人もいてくれるのは心強い。

病気のことはなるたけ考えないことにしている。

昨年、旅先で大腿骨骨折《だいたいこっせつ》をし入院したが、いっしょに入院した方が二週間余りですっかり認知になっていくのを目の当たりにして、人間のもろさを見せつけられた。幸いに娘たちの見舞いの叱咤激励があり、そのうえ、孫が毎日欠かさず見舞いに来てくれた。友だちも次々やってきて、忙しい入院生活となり、足は萎《な》えたが、元気に退院することができてほっとしている。

忙しい仕事の合間に老人ホームに母を訪ねる……そんな映画を思い出した。

母親を見つめることは自分を振り返る時間だとその時感じたが、娘はどう感じたのだろう。

老いは誰にでも平等にくるが、その見本の一番が自分を産み育ててくれた母親であるということをいつか、誰もが知ることになるのだから何かを感じたはずである。

娘たちの人生は私の見ているかぎりみんな波乱の中に、いまももみくちゃにされていて、この娘は大丈夫などと安心できる要素など、かけらも見当たらないが、それぞれ娘たちは母である私のことを心配しているらしい。

近頃は三人の娘が集まると私が聞いているとも知らずに、「ママが寝込んだりしたらどうする」などと話しているのが聞こえる。

「老人ホームに入れるしかないよね」

「それにしたってお金の問題よ。まあちゃん、よろしくね」

「わかった私が見るからお姉ちゃんたちはいい」

子どもの頃のままの会話で、長女と次女はちゃっかり逃げようとしているし、三女がいつもの生真面目さで一心に役目を担《にな》おうとしている。

実際はどうなるか、皆目《かいもく》見当もつかないが、ただこんなことを話題にしているのか、と私はとても面白がっている。

親には無関心になっている現代、姉妹が集まれば母親の私に関心がいくということを感謝したいと思うことにしている。とても厳しい現実なのかもしれないが、その都度なんとか老いをしっかり生きなければと思うばかりだ。

第二幕

娘から母へ

――今、想う両親への感謝と謝罪

井上麻矢

祖母から渡された時計

祖母は晩年、私が時節《じせつ》訪ねて行くと空を見上げていた。

「おばあちゃん、何を見ているの?」と私が問うと、「ひこうきが飛んで行くのを見ている」と言っていたことを思い出す。

この祖母は母方の祖母で、大柄で美しい人だった。いつも決まって薄化粧をし、ピンクのマニキュアをして庭の草花を愛《いと》おしく世話した祖母。忙しい両親に代わって私たちを育ててくれた祖父母はいずれも一〇〇歳を目の前にしてこの世からいなくなったので、言ってみれば大往生だったけれど、なぜか祖母を思う時、私はこの時の祖母の声とか顔とかそういったことを思い出すのである。

九〇歳を過ぎて、たぶん二度と乗ることもない飛行機を青空に見ながら、祖母はどんな夢を見ていたのであろうか。それとも夢ではなく、過ぎ去った日々のことを思っていただろうか。ダイアモンド婚式を迎えるほどに一緒《いっしょ》に生涯を共にした祖父の姿を、空の彼方に描いていたのだろうか。

しばし一緒に青空を見上げていた時のことを、そしてその時の老女とは思えない幼い答えと純粋な顔がいまだに忘れられないとは、いったいどうしたものだろう。

父と母が離婚したのは私は一九歳になったばかりであり、一人フランスはパリで暮らしていたのでことの真相を知ったのはずいぶん後のことであった。あの時、なぜ大好きな祖父母のそばにいてあげられなかったのかと考えて辛《つら》くなることもある。自分の娘の人生の選択をどんな目で見ていたのだろうかと今になって気になるのである。

私は幸運な娘で、祖父母にとても可愛がられた。特に祖母とは相性もよかったのだろう。祖母は私たち三姉妹の中でも私を大変に可愛がってくれた。小学生に上がる頃まで、私はずっと祖父母の部屋で寝ていたし、学校から帰れば、祖父母のしていることを見ているのが好きな子供だった。

祖母は料理が得意であったし、祖父はいつも親代わりで学校に行く際には、私が見えなくなるまでずっと手を振ってくれた人である。

近所の子にまで飴《あめ》を配っているような祖父は典型的な江戸っ子で、愚痴が大嫌い。かたや祖母は私にはとても優《やさ》しかったが、気難しい人であったという。

暑い最中でも、私の好物のアップルパイを日傘《ひがさ》をさしては毎日買っておいてくれるような祖母を、私自身は気難しい人と思ったことはない。

いつだったか私がパリに旅立つ時、祖母は当時住んでいた二階の子供部屋までやってきて私の部屋にくると、ベッドに腰掛けてこう言った。

「おばあちゃんが使っていた腕時計、外国へ行く時に持っていけるようにね」と託された細い細工ベルトを施《ほどこ》したアンティークのような時計をもらった。

私はその祖母の行動に気を留めるほど歳を取っておらず、若さゆえに単純に「ありがとう」くらいしか言わなかったが、それでも祖母は満足そうに部屋を出て行った。

自分の大切な時計を、あの時私に手渡した意味すら、若かった私にはわからなかった。

結局、私はパリに旅立つのだが、それ以来祖父母と寝食を共にすることはなかった。

祖父母とだけでなく、私はこの時、親ともその後共に暮らしたことはない。

父と母のために、お正月もなく、お盆もなく、働き続けた祖父母に対して、私が幸せな少女時代を過ごすことができたのはあなた方のおかげですと心から思うことが多くなった。

いつも咲いていた庭の花が、誰かの手によって咲いていたことを知る。

いつもできていたご飯が、誰かの手によってつくられていたことを知る。

いつも当たり前に生活をしていたことがこの祖父母の手によってであったことを知るたびに、心に大きな淋《さび》しさを感じることになる。

今はいない祖父母のぬくもりを感じる時、私は人生の不思議を感じる。今はもういない人を思い出すことが増える……それが歳を重ねることだと知った。

母とは受け継ぐもの

昔から小さなメモを書くことが好きだ。メモにはその日に起こったことを詞《ことば》として残すことが多い。母に絡む詞が多いのは、それだけ私に大きな存在であるからだろう。

時に何を考えているのかわからないと腹も立つ、約束は守っているようでいつもすっぽかされる。人の話は聞いているようでまったく聞いていない。

そのたびに母にはもう何も期待しないでおこうと思うのだが、いつも頭の中には父や母に教え込まれた人生訓がひしめいていて、気がつけばまた何かを母に期待してしまう。

ごくたまに、もし母が死んでしまったらと考えることがある。私にとって母はすべてにおいて世界の中心であるから、今からその時を思いながら練習しているのだが、どうもしっくりこない。

母を失《な》くして私は生きていけるのだろうか。そのくらいの人である。

母から受け継《つ》ぐものはいわゆるモノとしては何もない。唯一《ゆいいつ》、着物くらいだろうか。

幼い頃、私は父にそっくりの顔で生まれてきて、母の姉、つまり私の叔母《おば》にあたる人物から「この子は将来お嫁にいけないかもしれないから、手に職をつけさせた方がいい」と言われるほどに不細工だった。しかし歳を重ねるごとに母にそっくりと言われるようになり、体型まで似てきているので着物は私が着ることになるだろう。

以前、母がインドに旅立つ時、私に大事な話があるというので、車を飛ばして母の家に行ったことがある。母から大切なものが入っている袋を渡される。「ここには私の全財産が入っているから、何かあったらよろしくね」とのこと。それを預《あず》かって厳《おごそ》かな気持ちで家に戻った。家で中に何があるのか覗《のぞ》いてみて私は大笑いをした。

そこには数冊の貯金通帳が入っていたが、その残高を見て私は笑ったのである。

「これを預かるために?」と思うほど、母の残高は少なかったし、それを私に預けるために呼び出すあたりが可愛らしい。光沢《こうたく》のある着物に草履《ぞうり》をつっかけて、ベンツを乗っていた幼い頃の母はもういないけれど、何にもとらわれず、お金や名誉だけにしがみついている人ばかりがいる中で、私は母という人の本当に大切にしている何かに確かに触れた気がした。母はそんなものよりも、自分の先祖が書かれた過去帳の方が大切だと思う人なのだ。

人しか信じず、人しか財産はないということをさらりと言ってのける、実にスケールの大きな人なのだ。

母はとことん下町の女である。下町は義理人情というけれど、この説はあまりあてにしていない。下町はとても冷たいところでもある。この「人情は厚いが優しくない」という典型的なモデルタイプが母である。実際、下町の女というのは本当によくわからない。そんな母だが、お祭りのシーズンになるとソワソワする。

神輿《みこし》を担《かつ》ぐ男を一番格好いいと言い、七〇歳近くなるまで神輿の宮入りを木に登って見ていたりする。いったいいくつなのだろうか？　六〇歳を過ぎてから、誕生日ごとに年齢を聞くのだが六〇歳から歳を取らない。いつ聞いても「人間は六〇歳を過ぎてからの年齢はもはや年齢ではなくそれ以降の人生に年齢などはいらない」と答える。

母は情に厚い。動物や草花には無償の愛を与える。母の家の金魚は金魚と思えないほどに大きく育ち、母の家の草木は生命力が豊かモサモサと生い茂る。このような優しさで私にも優しさを見せることができたらいいのだが、シャイなのかやはり優しくないのか、自分の娘たちにはとても厳しい人である。明治時代とは違う、もっと乾いた感じの厳しさである。

よく言えばドライなのであろう。

母は孫には優しい。無条件に愛を注《そそ》いでいるが、これはもしかして娘に愛を与えられない母の最大のメッセージなのではないかと最近気づく。

「自分の小さな頃は、戦争で孤児になった小さい子供が、下町に溢《あふ》れていて、生きるのは結果自分一人なのだと嫌というほど見せられた」とよく言うが、そういう激動の昭和という時代のせいでもあるかもしれない。もし一度でも母に謝《あやま》られたりすることがあれば、私もそして姉たちも別の人生を送っていたかもしれない。離婚の時ですら、母は誰にも謝ったりしなかった。ただ激動の時をまるで他人事《ひとごと》のように相変わらずドライな目線で見ていたのかもしれない。

ただ、私は幼い頃から、母のことが好きでたまらなかった。母のために童話をつくり、母のために歌をうたい、母と片時も離れたくはない。母はいつも父と共にいたので忙しかったが家のどこかに母がいてくれることが私の幸せでもあった。

私は母ほど賢い女性を他に知らない。それは勉強ができるといった賢さではないが、この人には誰一人勝てる人は今後も現れないと思う。

母との旅

もう昔になってしまったが、母と長崎を旅したことがある。

旅とはいっても気ままな旅ではない。ある番組で、歴史を生きた女性に思いをはせる旅である。母といったい誰に思いをはせるかと考え、そして決めたのは「大浦慶《おおうらけい》」という長崎に生きた女傑を巡《めぐ》る旅であった。

佐賀の嬉野《うれしの》から始まって、長崎まで、お慶さんはお茶を海外に輸出するために、何度も往復したのだが、私たちはその道を歩くことになったわけである。

日本茶の輸出を手掛けてその莫大《ばくだい》な資金を惜しげもなく時代の寵児《ちょうじ》である男たちに投資して、結局、その男たちに裏切られる。その後、自分で生前葬をしてひっそりと生き抜いたお慶さんを母はまるで親戚のように思っているようであった。私たちの目的はお慶さんのお墓参りである。

この時、私は自分も離婚したばかりであり、まだおむつさえ取れていない下の娘（当時二歳）と保育園に通う上の娘（当時五歳）を連れての珍道中であった。

この旅は必ず旧街道を歩かなくてはならないという条件があり、道なき道を私たちは歩いた。時に旧街道の道がなくなってしまい民家に突入することもあった。民家で大きなザボンを食べている老婆に会い、その老婆からザボンを土産《みやげ》にもらいそれをずっと抱えて歩いたり、晴れたと思えば雨に降られたり、春先の天候は私たちの心と同じように日々変化していた。

あれこそ一期一会《いちごいちえ》の旅。最初の宿こそ立派だったが、どんどん宿の質は落ちてくる、娘たちは体調を崩しつつ、おむつを替えながらの旅であったが、それでも私たちは歩き続けた。歩かないと終わらない旅なのでもくもくと歩いた。どんな状況にあっても母は相変わらず呑気《のんき》であった。雨が降ったら降ったで歌などうたっているし、子供たちの体調は心配するものの、温めれば大丈夫と思っているので基本なるがままである。母はいつだって大変な時ほど冷静だ。そんな中、日々歩き続けているとふとした時に、いろいろなことを思い出す。

下の娘が生まれる時、おそらくは母の一番辛かった時代、春の優しい雨の土曜日に生まれた次女は、母にとって生きる糧《かて》となった。なぜ一番辛い時期と私が言うかと言えば、それは私の推測ではあるが、母は仕事を一時辞めようと思っていた時期ではなかったかと思う。下町育ちで幼い頃から親からおこずかいなどもらったことのない母にとって、仕事は息をすることと同じである。

仕事をしない生活などおそらく想像すらできないのではないか。その母が仕事を辞めようとしたのには理由がある。

あまりにも父との離婚が尾を引いて、母が母らしく仕事をできなくなっていたことは言うまでもない。父を守るために、たくさんの人が母に対して距離を取る結果となったことを私はこの目で見てきた。若かった私はそのことをいまだにどうしても忘れることができない。

女性が社会から消されようとしたら人はどうなのだろうか。現実にそういう出来事が母の身に起き、それをつぶさに覚えておこうと決めた私はどんなに悲惨なことであっても目を見開いて、それを見つめてきた。母はまるで踏みつけられる雑草のようであった。

雑草であったが、母の生命力はその圧力よりも強かった。それでも大きなダメージを受けたであろう。その時期がちょうど、私の次女が生まれた時に重なるのだ。

母は入ってはいけないと言われた分娩室に入り、娘の誕生をずっと見守っていてくれた。

「お願いだから、娘のことを痛ませないでください」と何度も先生や看護婦さんに言ってくれている声は今までで、私が聞く母の声の中で一番母親らしい愛で満ちていたに違いない。

母は生まれた次女をずっと抱きしめていた。私はその時、いつもは気丈《きじょう》な母の目から大粒の涙が流れるのを見た。泣かない母が泣いた日、私は母親になるという本当の意味を知った。

家を出た母

あの日、母は何もかも置いて家を出た。たとえば大きなスーツケースとかトランクとかそういったものを持って行った記憶もない。ただ、お財布が入るくらいのカバンを持っていたように思う。もう三〇年以上前の話だ。のちにバブルと言われる時代、父と母が別れる朝、母は青いコートにくるまっていた。なぜだか玄関には父もいて、「元気にしていてください」と母をねぎらっていた。

外には人影もなかったから、あれは相当朝早い時刻だったはずだ。人々が起き出す前のほんの数分、数時間の出来事。今思うと、母はもしかしたら戻ってくるつもりだったのではないか、もしくは、誰かに止めてもらいたかったのではないか、幼かった私は母や父の想いを計《はか》る術《すべ》すら持ち合わせていなかった。とにかく、母はそれからもう二度と、この玄関に立つこともなければ、家に入ることもないという事実は、どこか他人事のように感じていたこと、あの日に戻れるならば声をかけてあげたい。「あなたが進む道はとても険しい。どんなことがあってもどうかここに残ってください」と。

実はその後一度母は戻って来ている。私たちはやはり母と別れることができないと言う父の言いつけで、母を迎えに行っているのだから確かだ。私と姉たちは夜汽車に乗って、恋人の故郷《ふるさと》であった北の国まで母を迎えに行っている。北の国で会う母はまるでどこか異国の人のように見えた。私たちを見ようともせず、私はその人の家のこたつで眠ってしまった。夢うつつの中で、一番上の姉が一生懸命母を説得していた。とにかく連れて帰らなくてはならないと姉は思っているようであったが、私ときたら、たとえ母が私たちを見てくれなくても構わないから母の傍《そば》にいられることですっかり安心していた。母はきっと帰って来てくれるはずだとそう信じて疑わなかった。せめてもう一度、母を家に戻すこと、私たちはそのことしか考えていなかった。家にさえ戻ってくれれば何もかも元に戻るはずだと。

結局、母は一度戻っては来たが、私が単身フランスへ留学している最中に家を出て行った。

私がもしあの時母の傍にいることができたら……母はどこにも行かなかったのではないかと思い悩むこともあったけれど、どんな気持ちで家を出たかは母自身が語らないのだからわからない。

たまに母にどうしてなの？　と聞いてみると、母は「更年期だったのかしらね」と笑いながらそう言う。父と別れてからの母の苦労を思うと私は時々悲しくて仕方がなくなる。

人はそれを、勝手したことの代償だというが、私はそうは思わない。母はもう十分に苦労した。人は様々なことを憶測《おくそく》でいう。夫婦のことなど子供にだってわかるはずがないのに、他人である人がまるで見てきたように母を責める。母は忘れても私は覚えていてやろうとそう誓った。母を守る術がない自分を心から恥じて、いつか母を守れる人間となれるように、強くなれるように、それればかり考える。私の二〇代はそうやって明けていった。

「元祖不倫」とか、その当時の流行語になった「自分に正直に生きていきたい」という言葉は母の名前よりも有名になった。でも不倫でもなんでもなかった。父がそれを一番よく知っていたはずだ。

父と母は劇団をつくり、その過程の中で疲労困憊《こんぱい》し、それぞれがあまりにも時代の波の中で戦う戦士のようになっていた。私は今、父と母のつくった劇団で働いているからそれがよくわかる。劇団さえなかったらと思うこともあるけれど、今はこの劇団が私の故郷《ふるさと》のように感じることもある。二人のつくったものがここにはまだ残っている。私が何度もへこたれながら劇団を続けている意味は、これが二人のつくった私の故郷だからにほかならない。あの時代の父と母がまだいろいろなところに顔を出しては私を励《はげ》ましてくれる。

長いこと、親のかすがいになれなかった娘という自己嫌悪に陥《おち》っていた私であったが最近はこう思うことにしている。母があの日家を出て行ったから、こうして今、母は生きているのだと。ものをつくっている家庭がどのような環境で生きているかなど、その家のものにしか理解することはできない。戦士であり続けていたらきっと今、母はこの世にはいなかったであろう。

もう一人の家族

私が初めて新しい家族となる「犬」を迎え入れた時、いつもは何も言わない母から、「あんたには荷が重いから誰かに犬をあげなさい」と、やんわりと言われた。

母はもともと動物が好きな方である。昔の井上家に住みつくノラ猫が風邪《かぜ》を引けば、人間の薬をあげて風邪を治そうと必死に看病していたし、夏はたいてい、何かを届けに母の家に行けば、仕事のない土曜の午前中などには金魚と植木の世話で汗と水にまみれている。この人は娘たちだけはうまく育てられなかったかもしれないが、少なくとも植物と動物には愛されているなと毎回訪ねるたびにそう思うほどである。母の心配というのは大変感じにくく、わかりにくい。心配が時として怒りに変わることもあるようだ。

この時、母は心底心配していたに違いない。ただでさえ、シングルマザーはフットワークが重くなりがちだ。これから子供を育てていかなくてはならないうえに、手のかかるペットなどを飼うことが母にはどうしても理解できなかったに違いない。

しかもお金もかかる。犬どころではないだろう……というのが母の言い分であった。

その犬が可愛ければ尚更《なおさら》、心配だったであろう。それを言われた時は、正直とても堪《こた》えた。ただ私には私の譲れぬ思いがあった。私は自分に課したのだ。けっしてシングルだからという理由で何かを諦《あきら》めないと。諦めないという誓いはこのあどけない犬の命とひきかえである。

「シングルだから、ペットが飼えない」、「シングルだから、家を持てない」、「シングルだから、娘を私立に行かせられない」、シングルだからという理由づけは絶対にするものか。娘の要望のすべてを叶《かな》えることはできないまでも、そこまで自分に大きな枷《かせ》をかけることで、前に進む勇気をもらっていたといってもいいかもしれない。正直怖かったのだ。果たして自分が、なんの取り得もなく、学歴もなく、天然慢性的に夢見がちな自分が、そういう枷をつけないかぎり、きっと自分自身に甘えてしまうだろうとそう思ったのだ。そういう覚悟のうえに家に迎え入れたペットであることを母はもちろん知る由《よし》がない。確かに大変であったことは言うまでもない。けれど幸いとても丈夫な子で、月々かかるお金も少なく、最低限飼い主が守らなくてはならない義務も果たすことができた。

我が家の犬は娘二人を怒っている時は、その間に入って、まるで「もう怒らないで」というかのように首をかしげて私をじっと見る。言葉がしゃべれない彼に対して、こうしたらいいのではないかと娘たちは大変協力的になった。

これは自分の幸運に感謝するしかない。果たして今その犬も一三歳になって抱き上げてもらいたい時は、相変わらずつぶらではあるが、幾分白濁《いくぶんはくだく》した目で私を見つめ、それ以外は鼻を鳴らしてグーグー寝ている。かつて子供たちと共に走り回っていた時期を過ぎて、一足先に老年に差しかかっている。最近は病院通いも日課だ。

子供たちにとっては、共に青春を駆け抜けた友だち、私にとってはシングルマザーの私に代わって、子供を育ててくれた同志的な存在である。

おしっこをもらしても、何をしても、ただ心配で、可愛くて、そして愛おしい。

この一三年間の子供たちとの思い出が、私と共に共有してくれたかけがえのない存在。彼はいつだって家族のことが大好きなのだ。家族といえども相性はあるに違いないが、私は彼ととても相性がいいようだ。そしてこの相性だが、母と私はとても相性がいい仲だと言える。母がしゃべること、母が歩く姿、母が笑っていてくれることだけで私は幸せな気持ちになる。母のとんでもない行動やたとえ約束をしていても仕事ができると仕事を優先するようなことが重なってくると「しょうがないか」と一人考える。

もっと楽をさせてあげるはずなのに、なかなか余裕ができずそうならない自分にイライラもするが、母のそのすべてを愛おしいと思えるのは、どれだけ今まで大変な中で歳を重ねてきたかをよくわかっているからだ。たぶん、それもほんの一部分だけしか私は知らないだろうけれど。

父から母へ——無言の愛の形

私は母が着物を着ている姿が好きである。母は父と暮らしていた時から何か大切な仕事がある時は、いつだって着物を着ていた。私がもっとも印象に残っているのはちょっと光って見える銀白にうっすら模様の入っているもの、そしてもう一つは紫の小さな花が散りばめられて、その花芯《かしん》が水色に染められたとても他の人には似合わないような柄のものである。この着物を着ている時の母が特に好きだった。ショートヘアの母は着物を着る時にはえりあしをスッと見せていて本当にきれいだった。母は色が白いので、まるで反射板をあてたように着物の柄が浮かび上がる。そしてあっという間に着替えてしまう。

草履を本当にさらっとひっかけて、その足でベンツを運転して出かけていく。

正直言うと、今の母とはまったくの別人である。

しかしながら、母が出かけるまで、ずっと母の支度《したく》をするのを見るのが好きだった私にとっては、どんな時代になっても私の母のイメージはいつもこのスタイルのままだ。だから、母が父と離婚し、初めて新しい母の家に遊びに行った時、かつてこのアパートの部屋ほどの衣裳《いしょう》部屋を持っていた母が、こんな小さなところで暮らせるのだろうか……と驚きもしたし、人間とはなんと順応力に富んだ生き物なのだろうと思ったものだ。そしてその後とても心配になった。あんな衣裳部屋みたいなところで母は本当に幸せなのだろうか……と。

母と別れた後に父の周りの人はよく母の散財をまるで悪人とするような悪口を言うことがあったが、着物が好きな私は、それは父が母に対する愛を表現する時に呉服屋を呼んで買い物をさせていたことをよく知っていた。私は呉服屋が来ると母と祖母と共に反物《たんもの》を見ていた。母と祖母に買い物をさせていたのはほかならぬ父である。そして母には着物がよく似合うことを父はよく知っていたのだろう。母が二つの反物で迷っていたとする、父はすかさず「両方買えばいいではないか」と言った。相当いいお客様であったろう。

これらの着物は、父から母への無言の愛の形であったのだろう。

着物というのはいいものであれば、きちんと保管すれば一〇〇年はきれいなままである。何も持たずに出て行った母になんとしてもこの着物を母に届けてあげたいと、私だけでなく、たくさんの人のお力でその一部は母の手元にまだたくさん残っている。

お金もいつもないわけだから、きっと母が本気で何かを残すとしたら着物であろう。

それは母の過去を雄弁に語っているものだし、財産のない母のたった一つの心の財産でもあるわけだ。幸いうちには二人の娘がいて、これは隔世遺伝《かくせいいでん》か上の娘が着物好きだ。いつか着付けを習って一人で着られるようになりたいといつも言っている。その言葉に母はいつだって励まされている。私は母と娘たちをつなぐ接着剤のようなものだ。

そう言えば、私が結婚する時に、母が着物をプレゼントしてくれたことがあった。

それは紫がかったとてもスモーキーな雲が描かれた美しいものであった。帯は白と朱の網目《あみめ》がある近代的なものである。新婚の時、結婚のお祝いだと言って母はその着物を持って来てくれた。

まだ若く幼かった私は母の真意はわからなかった。着物なんてもらっても着て行く場所もなかったし、大切にしまっておく場所すらなかった。

私はその着物を、西荻窪の質屋に入れてお金をつくった。新婚というのはお金がないものなのだ。

特に私の最初の結婚道具はすべて私自身が箸《はし》二つから揃《そろ》えたものだから。

どうしても欲しいテーブルと椅子《いす》のセットがあった。どちらも中古であったが、家庭を失った私が新しく得た家庭には、どうしてもこのテーブルと椅子が必要だった。それには五万円ほどの金額が必要だったのだ。

私は迷わず母の着物の代わりにこれらを手に入れた。最近になって急に着物のことを思い出して仕事で西荻窪に立ち寄った時、私はその質屋を訪ねてみた。しかしそこにはもう質屋はなくなっていて、代わりにチェーン店が軒並み建っていた。

二度と会えないかと思うと心が今でも痛む。お金がなかった母がプレゼントしてくれた着物のことを思うと夜も眠れない。今頃幸せに大切にされているといいなと思いながらもどこかでまた私の元に戻ってくるのではと信じるしかない。

得たものも多いが、実は大切なものを失っている……それが若いということなのだろうと思うけれど、母が着物を着るのを見るたびに、なぜだか切ない気持ちになり、心の中でいつもごめんねと呟《つぶや》いている。

親への失望と愛の渇望

母と父の子として生まれて、私は相当幸せな少女時代を過ごしたと思う。時代は高度成長期のよい時代であったことも影響しているかもしれない。幼い頃は悩みと言えば学校のことくらいであり、一度だけ、逆上がりができなかったことが悔しくて、小学生なのに神経性胃炎を罹《り》患《かん》したくらいだろうか。両親ともに精力的に働いており、私たちは大家族で、母方の祖父母とたまには父方の祖母まで一緒に暮らしていた時期もある。毎日のように御用聞きの八百屋さんや魚屋さんや酒屋さんが来ていたし、原稿を待つ編集者の面々も大勢いた。犬だけでなく猫《ねこ》もいて、花は咲き乱れ、毎日は瞬《また》く間に過ぎていった。あの少女時代があるだけで、私は様々な困難を乗り越えてきたとも言える。今は苦しくても、あの時私は幸せだったと思えることが何より一番の励ましとなることを初めて知った。

季節ごとに彩られる庭、そして様々な季節の行事、子供でありながら、家庭内が仕事場だった両親の姿は、大人の世界との入口で、その入り口から覗き見る大人の世界はいつもキラキラと輝いていた。どの季節も家族だけで過ごすどころではなく、大変な忙しさだったが、私と姉たちはそんな環境の中で大きくなった。

何もかもが調和していた。この家から出ることなどあの時の私たちには想像すらできなかったのだ。不幸なんていうのは、昔話の出来事に過ぎないと生きてきた日々。

それゆえに母と父が別れた時の反動は思いのほか大きかった。私は一番小さかったので、すぐに身体の具合が悪くなり、そして、その後自律神経失調症と診断される。

きれいだった肌は三日もしないうちにぶつぶつだらけになり、帯状疱疹《たいじょうほうしん》に悩まされ、偏頭痛《へんずつう》は毎日のように起きた。楽園から追い出された子供のように、荒波に突然投げ捨てられた赤子のように、なんらかに捕まって命を守るしかなかった。

その時私が思ったこと、それは親への失望と愛の渇望だ。そして、自らが親のかすがいになれなかった喪失感、それゆえに心のバランスが大きく崩れてきたのだろう。幸《さいわ》い私には親友がいてこの親友家族が私をいつも家族という安全な場所に連れて行ってくれた。それは本当の家族ではなかったけれど、いつだって私の場所を当たり前のように用意してくれた。たくさんの方のおかげで私は姉たちより症状が出たのも早ければ、おさまるのも早かった。

「一人で生きていける自分になる」これが次に心の決めたことだった。一人で生きていくためには、つまり親をあてにしないで生きていくためには、何よりも大切なことだ。

親はそれぞれが再婚していて、私たちにはどこにも居場所はなかった。でもあの幸せな時が自分の故郷であるならば、それを持てたことだけでも感謝しなくてはならない。

一人で生きていけない人は結婚するしかない。でもその時私はまだ二十歳《はたち》そこそこだったので結婚する相手もいなければ、付き合った人もいなかった。

のめりこんだのはバイトである。とにかく働けば自分は自分を守れるのだ。当たり前のことだが、こんな当たり前のことすら幸せすぎた私たちには新鮮な驚きだった。

働けば誰にも迷惑をかけず、自分のことを自分で守ることができる。長女を授《さず》かった時を除けばそれからずっと働いている。親の離婚なんて珍しくもなんともない時代になったけれど親同士が大人であれば子供に与える印象は大きく変わる気がする。

母と父は別れた後、もう少し二人で今後のことを話す余裕があったのならば、もっと違う形になっていたように思う。それはとても残念なことだ。

母と父は物事を真正面から捉《とら》えることが苦手だった。娘の顔の腫《は》れにすら気がつかない親の存在をどのように理解すればいいのか。いっそ死んでいてくれたら期待などしないのではと残酷なことを考えていた日々は、幸せな日々と同じくらい長い年月だった。

その間に私自身も離婚してやっと親の離婚というものをきちんと見つめることができるようになったのはつい最近のことだった。

親の離婚というのは、少なくとも子供に大きな影を落とす。影から逃れようとするほど影は色濃く追いかけてくるのだ。

言葉の暴力

親が離婚した時、親は自分の人生の岐路や希望の中にいるために子供にかける思いがどこか薄れてしまうものなのかもしれない。ただ親として言ってはいけないことというものはある。そして、そんなつもりで言ったわけではないであろう一言《ひとこと》が、子供は致命的な言葉として捉えられることすらある。私が親の離婚を知った時、私はパリに住んでおり、しかも人づてに、

「あなたのお父さんとお母さん、別れたみたい」と言われている。

もちろんその間も、一度家を出た母を迎えに北の国まで迎えに行っているわけだから知らないことでも、想像できないことでもなかったが、大変驚いた。何度か真意を確かめるために家に電話をかけても誰も出ない。その当時、私はホームステイをしていた身であったから電話など簡単にかけられるはずもなく、異国の土地でただ何事もなかったように日々を過ごしていくしかできなかった。パリには別れた夫婦が子供のために普通に会うことなどは当たり前のことであったから、私もその程度のことだと思っていた節《ふし》がある。

離婚しても、仕事のパートナーとしてあり続けることはよくあることだとどこかそれを望んでいたのであろう。

表面的には夫婦であり、夫婦であり続けることは実は一番簡単なことだ。どんなことがあっても、私や姉たち、一緒に住んでいた祖父母がいるのだから、離婚というのは口で言うほど簡単なものではない。どんなに憎み合っていても表面的な共同生活はできるはずだし、その方がエネルギーを使わなくてもよい。二人の間に何があったのか、それは子供でもよくわからない。

当時、私に、たくさんの新聞や週刊誌の切り抜きを送ってくれた人がいる。匿名《とくめい》で送られてくるのだが、私がフランスに行っていることを知っている人、しかもホームステイ先の住所を知っている人、いまだに誰が送ってきたかわからないが、そこには母に対しての罵詈雑言《ばりぞうごん》が必ず付け加えられており、この時私は言葉が「暴力」であることを知った。

その名無しの匿名者だけではなく、ほとんどが母に対してのバッシング記事である。一人の人間をバッシングしては社会から抹殺《まっさつ》していくことなど珍しいことではなくなったが、母に対してのバッシングは相当ひどいものだったと想像できる。

母は大丈夫なのだろうか。

なぜ父は何も連絡してきてはくれないのだろうか。

母のことをインタビューした記事にはこう見出しがついていた。「私は夫も捨て、子供も捨て親も捨てます」と。私の心配はこの時はっきりとした怒りに変わった。

何もかも捨てられてはたまらない。そして次は父の記者会見。「武士の情け、惻隠《そくいん》の情で詳細は勘弁してください」とのこと。

世間様に対して説明をする前に、娘たちに対してきちんとした説明をすることができなかったのだろうか、いまだに不思議だ。それを人に言えば、「あなたのお父さんとお母さんが別れたことは、いまや面白おかしく書かれているわ。有名税ってやつね」と言われたが冗談じゃない。まずは「家族」であろうと思わざるを得なかった。小さい頃から家族会議だと言って世の中の様々な場所で起こっている出来事に対してあれほど話し合いが必要だと言っていたのにもかかわらず、いきなり離婚会見かと無力感が襲う。

私はいまだにこの言葉を忘れてはいない。ただ、母ももう十分にそのことをわかっている。自分が後戻りしたくても、進みだした道を進むしかなかったということを私自身が理解している。その後、「君たちの教育を間違えた」と笑いながら父から言われた言葉に私はずっと悩まされてきた。

何度も言うが、言葉は暴力と同じだ。

まだ二〇歳にもなっていなかった私の人生が間違いであったのだろうか。私の人生はこれからではないのだろうか。

それを新しい恋人から言われたと笑いながら話された時、私の大好きな両親はこの世からいなくなったと思うことにしようと思った。これ以上傷つかないためには、そんなふうに考えるしか自分の気持ちを守る術がなかったのである。

なぜ離婚したのか……母と父からはいまだにきちんとした説明はない。その間に父はあの世へ旅立って行った。

そのことを恨《うら》むわけではもはやないが、そんなふうに子供に思わせる親にだけはなるまいと思ったことは確かだ。

親の愛というのは、子供に対してはいつだって与えてもらえるものだという自信が、何よりも子供にとっては大切なものなのだから。

精神の遺伝

どちらかといえば私は父親似である。顔ではなく性格のほうだ。

下手すると厭世的《えんせい》で、白か黒かをはっきりつけたがるところがあり、いい時はとてもいいのだが悪い時は本当に悪い。人にわかってもらいたいという気持ちが強く、わかってもらえないと思えば突然に心を閉ざしてしまう。生前、父と話していても、「似ているな」と思うところが多々あった。それは天使と悪魔か、はたまた太陽と月か、常に何か二つの両極端なものが共存していて、それがとてもいいバランスで保たれている。純粋なところと邪悪なところが絶妙な安定感をもって保たれているのである。

だからこそ母の計算などまったくしていないような、気風のいいところにものすごい劣等感と憧《あこが》れがある。もちろん時々は腹立たしい。

しかし、もし母が計算をしながら生きるような人であったなら、きっと母は父との離婚をもっとうまくやれたはずである。そして母があれだけ父の周りの人、そして父自身から離婚後にひどい扱いを受けた時に、とっくに潰《つぶ》されていたであろう。せめてもう少し計算することを覚えていてくれていたら、見ている娘も楽だったのにとこぼしたいくらいだ。

母はもともと賢い人だ。戦後の東京のど真ん中で生まれた母は幼い頃から大人の中で実に多感な時期を過ごしたに違いない。上野のお山も近いから戦争孤児や傷痍《しょうい》軍人や、成金や乞食や、戦後のすべてを見て感じていたはずである。

もともと生きるエネルギーに満ち溢れた人だったのだろう。お化けなんかは怖くはないが、現実で生きることがどんなに大変なことなのかを幼い頃に体験しているはずだ。私は母を見ていると人間の不思議を思う。

人間の不思議……人が生きていくことはいかに辛いことであろうかということだ。それでも人は生まれたからには生きていくものだ。元来自分の中でエネルギーがつくれる人とそうでない人がこの世にはいる。母は完璧《かんぺき》に前者の人間であろう。

父と母はまったく性格も違うけれど、この点だけはよく似ている夫婦だった。

二人はエネルギーをつくる装置が身体の中に、魂の中にすでに備わっている。だからどんな荒波がやってきて襲っても、何度でも立ち直ることができる。それが自発的にできる人はそう多くはない。最近気づいたことだがどうやら私はその血を引き継いでいるらしい。

サラブレッドは品種改良された馬だから、肉体的には優劣というのはないそうだ。

ではどんな馬が勝つのか……親から精神の遺伝を受けた馬が勝つという。

精神の強さというのは、鋼《はがね》のような心ではきっとないであろう。むしろ風に揺れる草花のほうがずっと強いかもしれない。

私はこのサラブレッドの話がとても好きなのだ。いつもこれ以上なく疲れ果て、深夜に一人誰もいない道を家路につく時、「これしきのことで、父はへこたれるだろうか。これしきのことで母はへこたれるだろうか」と自問する。

また「これくらいの疲れで父は音《ね》をあげただろうか。これくらいの疲れで母は音をあげただろうか」とさらに問うのだ。二人はへこたれもしないだろうし、音もあげないだろう。むしろこの辛さを燃料にして、それを自分のエネルギーに変えたであろう……と答えが出る。

そんな強い二人を見て育った子供は大変ではある。それを受け止める術がなければ子供だって大変なプレッシャーだ。

だからそれがいいことかどうかはわからない。でも、少なくとも二人の娘であるこの私は二人の持つ不思議な能力に励まされるのだ。

「まだ大丈夫だろう、まだまだ疲れると音をあげるのは早い」と言い聞かせる。家に帰るまでにはすっかり気持ちは落ち着いているところを見ると、どうやら私も二人の魂の遺伝、精神の遺伝を受け継いでいるのではと元気が出てくる。この気持ちの切り替えの早いところも紛《まぎ》れもなく二人の遺伝であろう。

誰がなんと言おうと私はこの二人の間に生まれた娘であり、私は今、心底二人に感謝している。

母の怖い目

父と母が別れた日から、私は「声が出ない」という夢を見続けた。伝えたいことがあるのにそれが伝わらない、伝えようと思えば思うほどに家族に大事な言葉を届けられない。

パターンが何個かあって、声が出ない夢、時には電話をかけようとするのになかなかうまく電話機を使いこなせないというバージョンもあった。泣きながら目を覚ましても、それでも悲しくてしばし放心したようになってしまう。「たくさん伝えたいことがあるんだよ」とわかってもらいたいと思い続けた日々。親を全身で渇望《かつぼう》していたのだろう。いつの頃からかまったく見なくなっていた。

母親になってよく見るようになった夢は、誰かに追われる夢と、娘たちを迎えに行くことができずに時が過ぎる夢が多かった。

誰かに追われている私たちは、母子家庭を狙う殺し屋に追われている。どうしたらこの子たちを守れるのか、お風呂場に隠して息を殺して水に潜れと言ってみたりする。まだ幼い上の子に、下の子の面倒はあんたが見るのだと言い聞かせている。

夢はいつも支離滅裂だ。もうすぐ私たちの部屋の前に殺し屋が来るというその瞬間に目が覚める。ああよかった夢だったといつも安堵《あんど》し、眠っている娘たちの息を確かめる。

ある時は保育園のお迎え時間を遥《はる》かに越した時間まで何かに拘束されていて、連絡することができない。とにかく電話一本をかけなくてはと思うのだがそれも許されない状況である。もう無理だ。娘たちはどうしているだろうと半泣きでまた起きる。

その夢を見ている私の寝言が怖いと言って娘たちが泣いている。そしてその夢ももうずっと見ていない。

シングルマザーにとって、子供が小さい時の離婚の最大の敵は仕事を見つけることと経済を維持することの二つである。そして、それに付随して出てくる問題が、他人の侵入である。この他人は母親にとっては大切な恋人でも、娘たちにとってはただの男の人である。

だからいきなりお父さんと言わせたり、相手にとっていい子を演じさせたりするべきではない。子供が気を遣《つか》うような環境をつくるべきではない。そんなこと十分にわかっているのに、怖い夢を見たくなくて、シングルマザーはどんどんすべきでない方へ行きがちである。そうすると子供にとって安全な場所ではなくなってしまうのだ。

私にもそういった経験が数多くあったけれど、いつも怖い母の目があった。

父と母は子供たちを、つまり私たちを置いて出て行ったくせにとか、相談もしないで再婚を決めたくせにとか、いろいろと葛藤《かっとう》を感じつつ、腹を立てて喧嘩《けんか》したことも数知れず。そのくらい、特に母は常に私の恋人たちにはひどく批判的だった。

なぜ母はこうも意地悪なのか……と頭を悩ませたものだ。

しかし振り返ると、あの怖い目がなかったら、私はとうに娘たちに呆《あき》れられていただろう。娘たちは実に私の行動をよく理解し見ているものだ。自分たちを見ている目なのか、自分たちを通して相手に夢中になっているのかを本能的にかぎ分ける。

かつての自分がそうであったように、娘たちは私にいつも自分たちだけを見てほしかったのだ。私は時折、幼い娘たちに自分を見たような気がしては立ち止まった。

「自分がされて嫌なことはしない」という黄金律があることを思い出して我に返った。

私と同じ思いを娘たちにさせるのだろうか……それはできない。

この人（恋人たち）は娘たちを幸せにできるだろうか。愛せるだろうか。答えはＮＯである。ではせめて経済的に安定させてあげられるだろうか。それもＮＯだったりする。

心の葛藤はあったにせよ、私はそこでいつもどこか冷めていく自分をはっきりと自覚する。

やっと気がついたのと言わんばかりに母の目はいつだって冷静だった。

けれど不思議なこともある。なぜ自分の離婚や再婚にはあんなに冷静ではなかったのか。

いまだによくわからない。

そもそも世間では母がまるで悪女のように言われていた時期があるけれど、先に恋をしていたのは父の方だ。母はまるでそれに反抗するかのように恋をした。

私はそのことを父が死んでから書斎の父の膨大《ぼうだい》な手帳を見た姉から教えられた。父の字ではっきりと書かれていたそうだ。「誰にも気づかれてはならない」と。けれど母はもうとっくに気づいていたのだ。

でも、おかげで私は二人の母親になることができたのかもしれない。母が本当に冷静だったらと残念で仕方がない。

人生は少なからず人の人生に影響を与えるものだから。

私にとって娘たちは自分の道としっかり向き合うことを教えてくれた大切な人間だ。

「どうせやるならとことんやって、逃げてはいけないのだ」、「やるからには愚痴など吐いている暇なんてないんだ」と教えてくれた小さな命たちに、今はただただ感謝している。

コロッケ

下の娘が一八歳になった時、選挙権が与えられる年齢の娘を前にして、私は「必ず選挙には行くこと」とお説教をした。つい最近のことだ。今では行かないとお風呂に入らないくらいに気持ちが悪い。投票率が悪かったと聞けば腹も立てる。なぜ貴重な一票を無駄にしてしまうのか。ここまで政治がひどいとそれくらい言いたくなる。

こんなことをいう私ではあるが、実はシングルマザーの時、どんな選挙にも行ったことがなかった。一番行かなくてはならない立場であったろう。政治はきちんと弱者の立場になって物を考えているのだろうかと私たちは声を大にして言わなくてはならない。やれ、勝手に離婚しただの、勝手にシングルになっただの、なにかわけありの人だだの、勝手に子供をつくっただの、たとえシングルでなくても、どのお母さんたちもあらゆる社会の偏見の中で子育てというものに取り組んでいるのだ。子供は未来の宝であるはずなのに。

当時の私は、選挙が行われていることも知っていたにもかかわらず、あの時はまったくと言っていいほどそこに関心が向かなかった。その余裕がなかった。やはり、無知だったのだろうか……。

最低限の賃金を頂いて暮らしていた我が家では、自炊などはもちろん当たり前だったし、コンロも常に一つしか使わなかった。コンロが壊れていたのもあるが、それすら直す余裕がなかったのである。

お風呂にはガムテープが貼られていたし、家を直す余裕がない中では、毎日の生活に追われるだけで日々が過ぎるだけだ。それでも自分たちは貧しいなどと思ったこともなかった。今思い返してもあんなに楽しかった時間はない。むしろ本当に恵まれていたとさえ思う。

なぜならもっとひどい状態の人は相当数いたからだ。もっとも傍目《はため》から見たら我が家もそう見られていたかもしれない。

ただ、現状を維持していくこと以外には目に入らず、出て行くものはなんでも嫌だった。紙袋一つでさえ、私が一人で築いてきた財産だった。政治に回すエネルギーすら貯蓄したい気分だった。そもそも選挙などは裕福な人たちのものだと純粋に思っているから、意識して行かないわけでもないのだ。意思があって行かない人とは大分違う。まったく生活の中にその意識がなかったのである。

今は若い人までが国会前に行ってデモをするらしい。マスコミは彼らを偉いというが、私は一度もそう思ったことがない。どこか奇異《きい》に見えてしまう。同じ歳くらいである我が家の娘たちは同じ頃に家事をこなし、勉強もしていた。デモに行く時間すら娘たちにはなかったはずだ。なぜなら私が帰ってきた時に家事が終わっていないと私がひどく怒るからだ。

どちらがいいかわからない。ただ投票率が低いと嘆《なげ》く代わりにそういう人たちがいることを考えてほしい。どうしたらそういう人が選挙に行くようになるのかを真剣に考えたらきっとお母さんたちの苦悩も少なくなるのではないか。

さんざん幼い頃に家事をしてきた上の娘は、今でもお料理が得意である。イライラすればパンの生地を夜中にこねていたりする。そうやって出来立てのパンを夜中に食べる羽目になるのだが、太るからいらないといいつつ、この美味しいパンを食べるたびに娘の成長を感じる。

最初につくったのはそうめんだった。そして次にお味噌汁《みそしる》、そして卵焼き、カレー、鶏のトマトチキン、様々な料理がラップに包んで置いてあった。お疲れ様というメモと共に……。彼女はそれからもいろいろなものにチャレンジしていった。最近は一番難関なコロッケを祖母よりもうまくつくった。上の娘がつくってくれる料理はどこか彼女に似て純朴《じゅんぼく》であたたかい。我が家ではおふくろの味というのがすべて上の娘がつくる料理である。下の娘はご飯をつくるお姉ちゃんには頭が上がらない。家族って本当に様々だと思う。

物差しの一つ

「いつか君は、うんと年上の田村正和《たむらまさかず》さんのような人を連れて来てあっという間に結婚してしまい、大好きなフランスあたりで結婚生活をするのかと思っていた」

そう私に言ったのは父であった。なぜ田村正和さんなのかは不明だが、あのような大人の雰囲気を醸《かも》し出している人と、電撃的に結婚し、そして日本という国を選ばずに海外で暮らすような娘だと思っていたということだ。私が父からこのような想像をされていた時分から、結婚を取り巻く環境が大きく変わっている。

普通の奥さんになることが一番の幸せだと思っていたが、計画された人生はいとも簡単に崩れ去る。
写真は一度目の結婚披露宴。父にエスコートされる著者。

父と母の時がそうであったように、そして私の時もそうだったように、勢いで結婚を決めてしまうなんてリスクを娘たちの世代はしないようである。いや、私の娘だったら勢いで結婚することもあるかもしれないと最近感じ始めているが……。

赤ちゃんもそうだ。仕事のこととか、お金のこととかを考えるより先に新たな命ができていたなんてことも多々あった。だいたい、命というのは自分のタイミングでは生まれてきてはくれないものだ。それこそ未知の領域だ。こちらのいいタイミングでと考える方がおかしい。たいていは「今は考えていなかった……」という時にふっと授かったりするものである。積極的に不妊治療をしているのに授からないという例だってあると思う。そこはまだまだ神様の領域なのだ。医学が進歩していても魂の領域までは入っては来られないだろう。

女性は結婚や出産によって大きく自分の描いていた、いわゆる計画された人生というものがいとも簡単に崩れ去る、もしくは別の発展が展開されるということがある、ということをよく知っている。私もかつては、普通の奥さんになることが一番の幸せだと思って生きてきた。なぜってそれはあまりに勝手気ままな両親を持ったからに他ならない。絶対あんなふうにはならないと思っていた節がある。

反面、結婚生活のお手本を両親しか見ていないので、普通の結婚がどんなものなのかいまだによくわかってはいない。

そして今普通の結婚などあまりないのではないかと思っている。人が関わっていく過程で自分の人生も少なからず影響を受ける。それもまた人生の醍醐味《だいごみ》であると思える五〇歳という年齢。これが五年前ではわからないことだってたくさんあるのだ。

母の人生もまた波乱に富んだものであったし、私も人からよく波乱に満ちた人生だと言われる。ただ私自身はそんな気がまったくしていない。波乱とはまったく真逆で、真剣に、真剣に物事を考えて進んできたことが実は意外にも波乱な人生と言われる所以《ゆえん》だろう。

波乱だというのはあくまで人の物差しである。私の物差しでは私は波乱のうちには入らない。

普通の家庭を夢見ていたけれど、普通の家庭を送ることができなかった。どちらかというと繊細な方で傷つきやすく、ずっと家にいたい方である私が今は一日一四時間以上、お休みもなく働いていられるのは、いったいどうしたものだろう。ここに実は大きな面白さがある。

母はよく私にこう言う。「小さく生きることはない。大きく生きなさい。たいしたことではないよ」とそう言って何でも笑い飛ばされてしまう。

さらに「あんたは草花なの。雑草みたいなもの。踏まれれば踏まれるほどそれをバネに強くなっていく。コンクリートに咲いた西洋タンポポみたいなものね」。これ以上何かに踏まれるのは嫌だけれど、それでもそれだけ強くなれるならそれでもいい。

少なくとも私にはそれを見せられる娘たちがいる。私のような人生は辛いとか、嫌だとか、ママみたいになりたいとか、勝手気ままに女性の生き方の物差しの一つになれることはとても嬉《うれ》しい。

私もできたら母のように、娘を勇気づけることができる人間となりたい。娘だけでなく若い世代の人にとって私たちができることは、「若い人を勇気づける」ということ以外に大切な役目はないのだから……。それすらにもなれないのであれば、少し人生を考えていいのかもしれない。

母の未来としての娘の幸せ

私には反抗期というものがなかった。反抗したい時にちょうど両親が不安定な関係に陥ったからだった。反抗したところで誰も受け入れてはくれないことはもう十分にわかっていた。ずいぶん遅く反抗期のようなことをしたが、それは父にのみ。母のことをいじめているという印象しかなかった。だからこれは反抗期ではない。その時からもうすでに母は私にとって守るべき大切な相手となった。実の親が世間から虐《しいた》げられているのを見るほど辛いものはない。

そしてそれはとても深い傷を子供の心に残すものだ。父はそれを知っていたのだろうか。私は母の自殺予告を何度も聞いている。「麻矢ちゃん、私死ぬわね」と一方的に切られる電話。

まだ小さい娘たちを連れてなけなしのお金でタクシーに乗り駆けつけると、母は玄関で倒れている。

その母に声をかけると、ただ寝ていただけというのもあった。お酒を飲んでいるから覚えてもいない。起き上がって「あんた、なんでいるの？」と聞かれたこともある。私が出したタクシー代を返してくれと何度となく心の中で叫んだものだ。

母が死んだらどうしようと毎回心臓が飛び出る思いがして、そのたびに世間というものの不思議を思った。

ここ最近、母はまったくそんなことをしなくなった。当たり前だ。急いで死ななくてもそのうちお迎えがやってくる年齢に近いのだから。だからこそ、母と過ごした時間が愛おしいとさえ思えてくる。

母の手首の傷を見るたびに、私はかつて若かった母のことを思い出す。本当に長い間、いろいろなことによく耐《た》えてきたね、そしていまだ母の年齢になっても何もしてあげることができない自分に腹も立ってくる。母を守ると決めたのに、結局母は何も救いを求めては来なかった。

いや、本当はすべてを投げ出して助けてほしかったに違いない。昔のおばあさんのように家のことをやって孫と生きていく選択をしたかったであろう。ただ、ここでも非常に残念なことに、私たちはそれぞれの人生で大変だった。母にそういう人生を送ってもらうほどの余裕がなかったのだ。

以前、一番辛かった時の母を知る方にお会いしたことがある。そこには世間の底の方で這《は》いつくばっていた母のことを聞いた。食べることができなかった母が命をかけてやってきたことの一つひとつを、このいつも優雅でお金持ちの他人から聞くことになるとは思わなかった。それは私が知らない母の姿だった。そしてそれを聞いた時思い切り泣いた。私が幸せに生きることが母の未来だと気がついたのも最近だ。

母はもう何も言わない。何がきてもただ余裕綽々《よゆうしゃくしゃく》に笑っているだけだ。

人の卑《いや》しさ、人の愚かさ、人の怖さ、そう言ったものを小さな身体で引き受けて生きてきた母はいつの間にか喜寿《きじゅ》となって私の前にいる。それも非常にしなやかな姿で。

私の娘たちは母のことを「ババ」と呼ぶ。愛情を込めてそう呼ぶのだが家の中では共通の言葉として「よしこ」と呼んでいる。娘たちは「よしこは元気かな」と私に聞いてくる。

なんだかおかしくてたまらないと言った感じで娘たちはよしこに関する面白い話をそれぞれに披露しては笑い転げている。

娘のボーイフレンドが一番に連れていかれる場所ももはや私のところではない。

まずは、母のところへ行くのが慣例となっている。

母は先日娘のボーイフレンドのご家族から素敵な螺鈿《らでん》の細工が施してある宝石箱をもらった。

「この宝石箱に入れるような本当の宝石なんて持っていないけれど」と笑いながら満更《まんざら》でもなさそうだった。

「ここに手紙を入れなよ。未来のママが未来のお母さんになる娘たちに残す手紙を一通ずつ入れたら？」と言う私を無視してその細工を愛おしそうに撫《な》でている。

ご恩送り

まだ子供たちが保育園に通っていた頃、金曜日の夜になると娘二人が保育園から戻り、食事を済ませ、お風呂に入れた午後一〇時過ぎあたり、電車に乗って二〇分くらいの母の家に行くことがあった。夏の夜などは、娘にすでに寝間着のようなものを着せている。髪の毛もそのうち乾くだろうと半乾きのままで、上の娘の手を引き、下の娘をおんぶして出かけて行く。電車はちょうど混むのとは反対の方角に向けて走っている電車の時間帯だったので、そのような格好で電車に乗ることもできた。

まだ犬も飼っていない時代だったのだが、我が家に愛犬がやって来てからは上の娘が下の娘の手を引いて、その状態で愛犬まで連れていく。両手には荷物が一杯、愛犬まで連れての大移動、もしかしたら家出？　と見えなくもない。

娘たちは母の家が大好きだった。小さなリビングを入れたらたった二間しかないその当時の母の家は娘たちが来るとさらに狭くなる。だが母の家に行けばあれをしようだのと娘たちは楽しげに話している。「来週はババのおうちに行くよ」というのが、呪文《じゅもん》の言葉、これを言えばその週はとてもいい子でたいていのことを我慢してくれたのだからありがたい。この金曜日の夜というのは、娘たちの脳裏にどれだけ楽しい思い出となって、残っているか計り知れない。愛犬ですらその日はソワソワしていたように記憶している。

母の家に行く道中、電車の中で時にいろいろな心優しい方々に遭遇《そうぐう》することは子育てをしている中でも素敵な思い出にもなっている。

そんないでたちで電車に乗せているので、あるご婦人には「女の子なのに可哀そう。こんなひどい格好をさせられて」と涙ぐまれてしまったこともある。また、下の娘をおんぶしている際には、おじさんの鼻の穴に指を突っ込んでしまったこともある。おじさんは「そうだなあ、穴があったらそこに何かを入れてみたいと思うんだな、わはは」と豪快に（笑）許してくださった。あるご婦人は自分が降りる際に五〇〇〇円札を上の娘の手に握らせて「何か美味しいものでも食べさせてもらいなさい」とそそくさと降りていかれた。追いかけようにも追いかけられず、「ママ、よかったね」と無邪気に笑っている娘に戸惑うことに遭遇した。

改札でいつも迎えて来てくれる母にそのいきさつを話したら、「一生懸命子育てをしている姿を見て、何かしてあげたいと思ったのよ。それにどう見てもあなたの格好は、子供を連れてとても苦労しているように見えたのよ。ありがたく頂いておきなさい」と言われた。

そして次の日、母を伴って中華を食べに出かけた。

人から受けたご恩を、また人に返していく。このことを「ご恩送り」という。

私にお金をくださったご婦人も、娘のいたずらを豪快に笑い飛ばしてくださったおじさんも、人は人の中でしか生きていけないのだから、やっていただいたことを次の世代に返していくこと。

逆に言えば、自分がされて嫌なことは人にもしないこと。弱い人を当たり前に労《いた》わり合い、折り合いがつかなければ話し合ってそれぞれの立場を尊重すること。そういったことを繰り返して世の中が回っていくのだろう。

今これだけ殺伐《さつばつ》とした世の中、こういった取り組みを本気で考えなければならない。

ご恩をもらい、それを次の世代に送り出す。

たとえば、「お金なんてもらう筋ではありません！」と一方的に拒絶するとか、鼻の穴に指を入れられたおじさんのウィットに富んだ返答も「不潔だわ」と決めつけない。

社会には様々な人がいて、家族や親子の多様性を認め合ったらいいのにと思う。こうでなくてはならないことなど何もない。ご恩送りをし合えればどれだけいいだろう。

そういえば下の娘が生まれた時、父はこっそりお祝い金の入った封筒を持って私の入院する産院にお見舞いに来てくれた。

小さな手に自分の人差し指をぎゅっと握らして優しく揺らしながら、「こんな時代に生まれてきて君は大変だな。ようこそ、大変な世界へ！」と言ってくれたことを昨日のことのように思い出す。私もいつかもし孫ができたらば、きっと自分の人生を顧みて同じことを言うだろう。けして平坦《へいたん》では歩けないのが人生だと知っているからこそ、あの時父は「ようこそ、大変な世界へ！」と言ったのだろう。

子供の立場

私がもっとも尊敬する作家は佐藤愛子先生である。

以前、一緒にご飯を食べていた時に先生から言われたこと、「あなたはいいわね、お父さんとお母さんを見ていたら、ネタに困ることがないでしょう」と。

「先生、あの二人を何かで表現するのは不可能です。それにネタというほどのことでもありませんよ」と私は笑いながら答えた。

「でも、あなたは女性だから、お母さんのことをしっかり観察して生きていきなさい。いつか必ずその体験があなたの中で大きな参考書のようになるから。それにしてもあなたのお母さんがあなたのお父さんと離婚した時の会見、あれを見た時思ったけれど……私はかつてあんなに美しい顔の女性を見たことがないわ。どこも誤魔化《ごまか》していない、いい顔していたわ」。母の顔は丸顔で鼻ぺちゃであるから、それが顔の造作について仰《おっしゃ》っていることでないことはわかった。なるほど、離婚会見の時の母は美しかったのだ。

私はその頃、フランスに遊学中であったのでこの会見を知らない。その会見から少し経った頃、フランスから私は一枚の葉書を母に送った。「フランスではもっと愛は自由なもので、離婚も当たり前のように受け入れられているよ。人生の垢《あか》を落としたいと思ったんでしょう、ママは」などと書いている。なぜそれを覚えているかと言えば、私は母からその時の手紙を返してもらっているからである。

私は当時夜も寝てしまうのがもったいないくらい楽しい毎日を送っていたのでこの後に帰国して、何もかもが変わってしまった自分の世界を想像すらしなかった。親は離婚しても関係性というのは残るものだと思っていた。フランスはそういう国だから、そこに疑いを持たなかった。今思えば、あの時早くに帰国すべきだったかもしれない。

自分が離婚した時、ある英語の教育番組で流れていた歌。「私はことり、あそこの木にはお母さん、あそこの木にはお父さん、私はその木と木の間を自由に飛び回るの」という歌詞を見て、大泣きしたことを覚えている。日本という国ではどうしてそういう考え方ができにくいのだろうか。再婚した相手に気を遣い、腹違いで生まれた子供たち同士は交流すら歓迎されることはない。同じ血を分けた姉妹、兄弟であってもずっと会うこともなく過ぎていくこともある。私にとっては自分の子供は娘たちだけだが、娘たちの父親は再婚して子供がすでに二人いる。娘たちと相手の子供たちは、血がつながっているにもかかわらず会ったこともない。これは本当に悲しいことではないか。

今、下の娘は海外に留学している。私の留学という名の〝遊学〟なんかとは違い、学校同士の交換留学生として日本を飛び出している。この娘は私に滅多なことでは連絡を寄越《よこ》さない。お金をどんどん使う子ではないから大丈夫だとは思うが、「お金は足りているか、身体を壊していないか」と問いかけても返事が来るのは三日以上経ってからということもしばしある。私が留学していた年齢と娘が留学している年齢はほとんど変わらない。もし母や父が、私と同じ頻度で手紙なり、電話なりをしてくれていたら、私はこれほど心を病んで窮屈《きゅうくつ》な二〇代を送ることもなかったであろう。

離婚が悪いのではなく、そこで変わってしまう関係性の中で、「子供の立場は何も変わることがないのだ」と教えてあげることができたら、きっとそれはいい離婚だと思う。

かつて私も別れた相手に対して憎しみの権化《ごんげ》となった時期があるが、父と母は自分たちのことは棚《たな》に上げて私にこう言った。

「娘たちの世界を狭めるような離婚をしてはダメだ」と。二人が同じことを別々に語るのを見て、嬉しくもなったが、どうして自分たちにはそれができなかったのであろうと不思議だった。人は誰でも憎しみに流されてしまう。いい人になんてなってやるものかと思うのだ。でもそれは愛する子供たちのためにやめた方がいい。当事者同士では難しいかもしれないが、そこには生きていく智恵を学んだ人生の先輩たちの出番だ。一言、「子供たちの立場を一番に考えるべきだ」と言ってあげてほしい。

六〇歳からのスタート

「六〇歳からの教科書はない」

これは母が六〇歳になった時に言い放った誕生日の表明の言葉である。それから母の年齢はそれ以上でも以下でもない。いくつになったの？　と聞いても、「いくつだったかしら？」と答えが返ってくる。

母が今「子守唄」の仕事を見つけるに至った出来事は、打ちひしがれて（仕事も何もかもうまくいかなかった）我が家の居候《いそうろう》になった頃だったように記憶している。

父と別れてからの母は相変わらずよく働いたが、なかなか楽にはならなかった。

下の娘がちょうど生まれるちょっと前あたりである。だから今からかれこれ二〇年以上も前のこと。

母はまだ六〇歳そこそこではなかっただろうか。いや、もしかしたら五〇代の終わりだったかもしれない。私もまだ結婚していたので当然私も若かった。旦那《だんな》さんの出張が多いことをいいことに、母はこの年のひと夏を私のところで過ごした。外は大変な猛暑が続き、人も溶《と》かしてしまうような暑さだったことを覚えている。

「このまま仕事をせずに娘のところへ居候してしまおうか」。お金も何もなかった母は、我が家の長椅子で横になりながら考えていたに違いない。いつもは活動的な母が珍しく一日中暑さのためなのか、家で横になっている姿を当時の私ですら不安になったほどである。

毎晩上の娘を寝かしつついろいろな話をした。夏の夜はそれでなくても思い出が溢れてきそうな懐かしい音が聞こえる。その音を聞きながら私たちは、過去の出来事をたくさん話してはそこである意味過去と決別したと言ってもいいかもしれない。

ある時母は上の娘のおもちゃの机を台にして何かを書き始めた。

縦三〇cm、横三〇cmの小さな机である。母の子守唄協会の仕事はそこがスタートだった。

その頃、子供を巻き添えにした事件が続発した。そして子供たちが大人になる前に起こしてしまう悲惨な事件が多発した。自分はいったい社会のために何ができるのだろう。母を突き動かしたのはその問いだったように推測する。

母はその小さな小さな机から、しかも六〇歳を過ぎてから、たった一人で仕事を始めたのだ。最初は私ですら笑ったものだ。「おばあちゃんに任せて自分は子育てすらしていないではないか。それが子守唄なんて」と鼻で笑っていた。「また変なことを始めた」とも思った。

母はもともとものすごい勉強家であった。どんな時でも本を読んだ。娘たちから歴史について、そして文学について問われると、母はたいてい、きちんとした答えを持っていた。しかしこの頃からもっと勉強をするようになった。何もかもを忘れるように一つのことに打ち込む。人はいくつになっても成長し智恵を得ることができるのだということを、私は母の姿を通してこの目で見続けたのだった。

母はそれから精力的に動き回るようになった。もはや私の家に留まってなどいない。それからの母の頑張りは、子守唄協会がこれだけの仕事をするようになったことと当然のことながら比例した。私は心から母を尊敬した。

「人の顔」というものは恐ろしい。自分が歩いてきたもの、自分の隠された性質、傲慢《ごうまん》さや卑しさもすべて外に出てしまうことをご存じだろうか。私は今の母の顔が大好きだ。

そこには六〇歳で何もかも失ってあらたなスタートを切った時からどんな苦労も厭《いと》わずに生きてきた女性の姿が顕著《けんちょ》に映し出されているからだ。そんな母が整形美容をして皺《しわ》を取りたいと半分《はんぶん》冗談でそう言った。

そんなことはしない方がいいのはわかっているのだろうが、そんなふうにおどけるところがたまらなく可愛かった。

母と話したあの夏の夜は私の大きな意味での学校のようなものだった。恥ずかしがり屋の母は滅多に自分の話をしてはくれないのだから。人生の素敵なギフトのような夏の夜を二〇年の時を経て、どんどん色濃く思い出すのはきっと私があの時の母の年齢に近くなっているからだろう。

忘れない覚悟

私は写真を撮るのが好きだ。これはひそかに父と母の離婚が関係している。

かつて父は写真を撮るのが趣味だった。父は被写体を私たちにしてよく写真を撮ってくれた。私の家には父が撮ってくれた写真がたくさんあったのだ。

父と母は離婚をすることになり、忙しい姉と父の代わりに私はたった一人で家の中を掃除する羽目となった。フランスから戻ったばかり、あまりの環境の変化についていけず家から外に出て行けなくなってしまった私が家事を一手に引き受ける形となった。

この作業は、本当に辛いものだった。かつての家族の置いていったもの、そして家族の思い出の品など、一つたりとも捨てられるものではない。

それをまだ一〇代だった私がやろうというのだから、感傷的にもなる。私の自律神経失調症もどんどんひどくなるばかりだった。でもやらなくては。やらなくてはきっと誰かに何もかも持っていかれてしまう。見えない不安という相手を得て、私は決死の覚悟で吐きながら掃除をしたのだった。

父はその頃原稿を書くために缶詰に入っており、ほとんど家に帰らなかった。父はあらかじめ仕事のものなどは自分がやると言っていたし、他のものは基本的には持って行かないと言ってもいた。

私は疲れると主《あるじ》を不在にしている父の書斎の椅子に座り、置いていかれた父の煙草《たばこ》を吸った。

父と母が恋しくて、二人が部屋として使っていた場所にしばし横たわっていた。あれもこれも父は置いて行くというのか。母はもうとっくに置いて行ってしまったのだから、父だけ責めても可哀そうだろう。そう思いながら、父のものを物色しているとふと気になった場所があって扉をあけてみた。

そこには父が撮った家族の写真が乱雑に置かれていた。一つひとつをめくりながらタイムスリップして時はあっという間に過ぎていった。

1974年頃、自宅近所の原っぱを散歩する父・井上ひさしと三人の娘たち。
写真手前左が長女の都、右が次女の綾、父に背負われているのが三女である著者。

「この写真を捨てて行くことはできない」と必死にそれらを梱包《こんぽう》した。正直それ以外のものなど当時は一切、私にとって大切ではなかった。

今私の家には、かつて父が撮った写真がぎっしり詰まっている戸棚があり、そこにはモノを入れることができない。引っ越しから引っ越しをして生きてきたが、これらの写真だけはずっと私と共にいる。

それからたくさんの父と母が書いたメモ、ノート、できるだけそれも持ってきた。だから私はモノが捨てられないと母に怒られることもしばしば。母にはきっとわからないであろう。

私のささやかな安堵のためにこれらの戸棚は必要であることが。

私は娘たちの写真をよく撮る。昔はどこにいくのでも一眼レフのカメラを首から下げて出かけた。二人の姿を写しては心に刻《きざ》み、写しては刻みしてきたものばかりである。私があなたたちの母親でいられる時は、今この人生の時だけである。

私たちはいつか離ればなれになっていく。だからこそ、せめてその記憶を心に留めておいてほしい。そんなつもりで写真を写してきた。それを聞くと「そういうの重い、重い」と娘たちは笑うだろう。こんなに弱かった私が無事に大人になれたのはすべて娘たちのおかげである。

娘たちは当然のことながら出来上がった写真にそれほど執着はない。必ず私がそれらを慈《いつく》しむことを信じて疑っていないからだろう。

二人が結婚する時には、それらをきちんとアルバムに入れてと思ってはいるのだがなかなかそれを実行できない。

もう二度と手に入ることのないもの。記憶という大切なものを裏付けてくれるのが写真。そして忙しさの中で時節を忘れてしまったり、自分の過去を美化したり、忘れたふりをすることを避けるためにも写真は有効なものだ。

人はあらゆることを忘れてしまう生き物だ。都合の悪いことは特に忘れたふりをする。けれど私はそれを忘れないと覚悟をして生きてきた人間である。どんな小さいことも覚えていたいと思う。でも娘たちにはそれを望まない。過去を見事に心の引き出しにしまって、どんどん遠いところまで飛び立ってほしい。それがどれだけ幸せなことかを自分が一番よく知っているから。

新しい世界に飛び立つ勇気を与えてあげること、それがこの世でもっとも深い親の愛である。

言葉で祈る

言葉には力があるとずっと信じている。私は作家の娘だから言葉を大切にしろと言われてきたことも影響していないとは言い切れない。

ただ、私はある時期から、言葉の力を信じ、マイナスなこと、言っても仕方のないことなどは自分の口からけして吐かないと心に決めてきた。

「自分はダメだ」と思うことはいとも簡単だ。でもそう思う前に、自分に課せられたものは何だろうと模索していた方が余程《よほど》健全だ。言葉はそのままどこか空の上の方に言霊《ことだま》となって昇ってから、またその言葉の通りに自分に戻る気がしてならない。だから、どんなに嫌なことをされることがあっても、悪口などは絶対口にしない。一人の時でも口にしないと決めたのである。時に誰かを恨みそうになれば、その人を通して何を学ぶことができるかを考える。私は今この人に学ばせてもらっているのだと言い聞かせる。

私はそうやってこの一〇年を生きてきたのである。

父がこのままだと死んでしまうと言われたのは、実際父が息を引き取るわずか四時間前のことであった。私にはその時、そこに留まること、父の死をこの目で見届けることしか頭になかった。他のことに気を取られている時間はなかった。

私がこの言霊レッスンをするようになったのは、父との関係性が深く関わっている。

私は父に絶望し、父は私を遠ざけていた時期がある。私はどうしても母が苦労をしなくてはならないように仕向けた父を許すことができなかった。一人の女性に与えるにしてはずいぶんと非人道的なことをする男性だと思ってきた。

でも、心のどこかで、そういう父は本当の父ではないと思ってもいた。私が幼い頃から知っている父ではない。野球場で一緒に野球を見ていた父はその市営グランドを歩くありんこにも気を配るような人だったはずだ。

早くそういう父に戻ってほしいと思っていた。そしてこういう父に戻れた時に、初めて私は父とさらに理解し合いたいと思った。私がそれを拒《こば》んでも、私は父と母の娘であることに変わりはないのだから。

私はその時から、いつか父と本当の意味で理解し合える時がくる。それは父が生きている間、私が生きている間に必ず訪れる。そう心の中で呟いていた。いや、祈っていた。

呟いてその言葉を信じたその瞬間に、まるで雪が春になって自然に溶けてなくなるように、父はいきなり私を理解し始めた。私は何もしていない。私の周りがそうなるように自然な流れの中でそうなったのである。

この瞬間から、私は言葉の力を信じるようになった。愚痴を言わなくては不安で仕方がない人、自分が幸せだと言い切ることができない人、何かに不満を抱いている人は皆、そうしたくてしているのだということもわかった。

今はそういう時代だもの、皆が漠然とした不安の中にいる。だからこそ私は毎日のように言霊を発し続けている。娘たちに対して、何か不安の種《たね》があるとしよう。これからこの子たちが結婚し、もしくは独りで生きていく時、この世界はどうなっているのだろう。この世は子供を産め産めと言うけれど、その後にかかってくる教育費や環境破壊はどうなっているだろう。結局共働きしないと食べていけない社会ってなんだろう。いつまでもつかわからない地球というところに生まれ出る今はまだ見ぬ新しい命の心配をする。

そんな時、私はいつも祈るのだ。きっと大丈夫だと。人類はもっと頭がいいはずだ。必ず解決策を生み出し、そして、未来の命を育《はぐ》むだろう。もっともっと多くの人が言霊で祈ればいいのにと思う。それが必ず、私たちを守る時がくるだろう。

私は娘たちにもそのことを教えている。何か本当に変えたいと思うことがないかぎり、実践することはないかもしれないが、言葉で祈りなさい。愚痴を言うくらいなら祈りなさいという。だから娘たちは私に愚痴を言ってはこない。彼女たちにしてみたら、祈れと言う私はどこか浮世離れした人間に見えるらしい。

でも、これは私が五〇年間生きてきたことで一番確かなことだ。

なりたい自分になることはいつからだってできる。私はそのことをしっかりと知っている人間だといつも娘には言い聞かせている。そういう中できちんと社会の歯車となれる人間になりなさい。私は娘たちにそれしか言い聞かせてこなかった。そしてそれに今とても満足している。

原風景

その人が持つ原風景にとても興味がある。その人の本質を表しているような気がするからだ。その人の最初の記憶、一番強く心に残る記憶、それはその時の匂《にお》いや音まで聞こえてくるようなかつて通り過ぎた時を聞くと、その人の輪郭《りんかく》が不思議に浮かび上がってくるようだ。父が死ぬ前に唯一、仕事以外の話をしたがった父から聞いた父の原風景の中では、会ったこともない祖父が登場してとても感慨《かんがい》深い思いがした。

幼い父は、若かった祖父の自転車の後ろに乗っているそうだ。祖父の浴衣《ゆかた》の裾《すそ》がひらひらしていたことを覚えていて、やっと着いた場所はどこかの高台で、そこからは街の灯《あかり》がキラキラと揺れていたという。

その裾のひらひらがなんとなく心許《もと》ない気持ちがして、急に淋しくなったと……。

父が自分のお父さんのことを話してくれたのはそれが最初で最後だった。祖父は父が五歳で死んでしまったのだから、この父の原風景からそう遠くない未来にこの世からいなくなってしまったのであろう。私はこのエピソードはとても好きだ。

父の繊細さと父が祖父を思う気持ちが痛いほどわかるような気がする。

ひらひらと揺れていた浴衣がどこか儚《はかな》げで、会ったこともない祖父の繊細さまでが伝わってきて涙が出そうになる。

私の記憶のスタートではないのだが、私がいつも原風景と問われて何を思い出すかと問われたら、私は家族でオーストラリアに行った時のことをあげるだろう。

父がキャンベラ大学の今でいうところの客員教授になったのは一九七〇年代のちょうど真ん中くらいだっただろうか。父と母とそして姉二人と共に私は初めて外国に行った。まだオーストラリアがそれほど観光地として有名でない頃の話。着いたところは砂漠地帯でどこまでも原色の街だった。虹の色が絵具で描いたように鮮明だったことを覚えている。

私はこの砂漠の街で、現地の学校に入り、吹奏楽部に入って、たくさんの友だちをつくった。家族が住んでいた場所の前には森があって、そこに行くためには道路を一つ渡らなくてはならなかった。この小さな冒険が私の密《ひそ》かな楽しみで、もともと内向的だった私にとってはとても勇気のいること、そこで父からもらった高級なハーモニカで曲を弾《ひ》くのが大好きだった。このハーモニカは二段になっていて、一つの音を出せば同時に和音がついてくる外国製のものだった。

その森には小川が流れていて、人は滅多に来ない。この小川に足をつけながら、覚えたてのハーモニカを吹く。風がそよそよと木々を鳴らすと、その隙間《すきま》から強烈な太陽が顔を出す。この時の森の香りと光が反射する光景を私は生涯忘れたことがない。

母はまだ若く、私たちを車に乗せてどこへでも行った。海外だろうが砂漠だろうが、幼い私たちを乗せてどこまでも走った。一度砂漠に迷い込み、どこまで走ったのか、いや、正確に言えば、ホワイトアウトのような状態になって、わけがわからなくなる状態に陥ってパニックを起こしたこともあるという。私はまったくそれを覚えていない。

おそらくまだ三〇代前半であった母と、四〇代頭の父のなんと若かったことだろう。

美しい夕焼けに染まったチャーチ（教会）の屋根、どこまでも続く小学校の芝生の校庭、友だちに教えた折り紙でつくった鶴や箱、色とりどりのアイスキャンディー。

生命力に満ちた色で縁取られた私の記憶のすべてが、父と母といた風景であること。

今はそれすらもらえない子供がたくさんいるというのに私はなんと幸せな子供であっただろう。

その後、二人は別れてしまうけれど、少なくともあの時私は自分のことさえ考えていればいい子供だったことを再確認すると、何があってもしっかりと自分の足で立っていられる気がする。そう言えば、私はよく迷子になる子だったらしい。

母はこの外国の地で私とはぐれ、涙ながらに私を捜した。覚えたての英語で「私は今子供を失いました！」と叫んで歩いたら、道行く人が迷子とは思わずに、子供を失った人だと理解して優しくなぐさめてもらったそうである。その後、無事に私は母の元に戻った。

眺める

祖母と祖父がいた時代は、様々にものを手づくりしていた。

特に覚えているのは心太《ところてん》。夏の暑い時に祖母がつくってくれた。心太をソバのように細く長く切る道具、心太をその木枠に入れて、上から押すとにゅるにゅるとあっという間に形になって出てくるのを見ているのが好きだった。飴は熱い水飴を祖母がなにか釘のようなものに引っかけて一生懸命練っていた。

だんだんと白くなっていく飴と祖母の動きがおかしくて、ずっと眺めていたことを覚えている。

つくってもらった心太を食べる時の緊張感。飴を形にしていく時の高揚感。

毎朝祖母が煮出す麦茶の香りで目が覚める。これが私の夏休みの始まりである。

私はどうやら何かを眺めるというのがとても好きらしい。この辺りは下の娘にそっくりである。

それから好きだったのは母の支度だろうか。母は出かける前にお風呂に入ってお化粧をする。

そのお化粧をするところをずっと見ているのが大好きだった。

母の化粧台には様々なお化粧品があって、母をあっという間に別人にしてしまうのだ。

お化粧が終わると今度は着替えだ。母は洋装も和装もしたが、特に和装の時はあっという間に着物を着てしまう。帯締めを選びキュッと締め上げると、そろそろ母が出かけなくてはならない時間となる。

母が出かけてしまうと今度はまた祖父のところに行ってみる。祖父がこれから庭に水を撒《ま》くという。その姿をずっと見ている。祖父に水を撒かれると庭の木々や草花がキラキラとしてくる。それと同時に大きなカエルや潜んでいた虫が一斉に外に飛び出してくる。

実に楽しい夏の午後の風景だ。

それから物干し台に上って暮れゆく夏の空をずっと眺めて見る。帽子をかぶって歩いて行く子供たち、買い物かごを下げた近所のおばさんたち、夏の午後はとても長い。

そうこうしているうちに夕飯をつくり出す祖母の姿が見える。我が家はずっと糠漬《ぬかづけ》を絶やしたことのない家庭だったので、糠をかき回して今晩の漬物を選ぶ祖母の手を眺めに行く。

祖母は魚をさばき、野菜を切って、どんどん料理をつくってくれた。

肉は時々しか食卓に上がらなかった。たまに江戸っ子の祖父のためにカツをあげるが、豚肉が嫌いだった祖父は牛カツしか食べなかった。祖父は小さなダルマによく似たビールの小瓶《こびん》を夕食時に飲んだけれど、それ以上はけして飲もうとはしなかった。

父がご飯を食べるのかどうか祖母が心配している。「私が聞いてくるよ」と言って父の書斎におそるおそる入ってみる。父は原稿を書くどころか、紙飛行機の設計図を描いている。

「パパ、ご飯食べる?」と聞くと、それには答えず、紙飛行機の設計図を私に見せる。

「できたらちょうだいね」と約束を交《か》わす。父の食事は書斎になりそうだと祖母に告げる。

それからは父の紙飛行機の進捗《しんちょく》が気になって、いつ呼ばれてもいいように父の書斎の外で私は本を読み始める。

結局父の本格的な紙飛行機が出来上がるのはずいぶん後になることがわかり、落胆のうちに祖父のもとでまた遊ぶ。

仏壇に炊《た》き立てのご飯をあげてちょうだいと祖母が声をかける。

ついでに暑いから冷たい麦湯を持っていってあげてという。東京のお盆は早い。祖父母の部屋にいくと盆灯篭《ぼんとうろう》が回っている。

私はその美しさに見とれてずっとそこにいる。いつの間には私は夕ご飯の前に寝てしまう。どこかで家族の声の破片を聞きながら……。その時間はそんなに長くはない。

あの時の充実感、そして安心感を持っていることは今となっては財産を持っていることに等しい。

「家」には子供は自由にすればするほど発見があったものだった。私は果たしてこんな豊かな子供時代を娘たちに過ごさせてあげたことがあるだろうか。

娘たちが大きくなっても、行事だけは必ずやってきたことを思い出してみると、それなりに一生懸命やったけれど、圧倒的に関わる人間の数が違うように思う。その中で夏休みだ冬休みだと母のもとで過ごしたことは、私の体験とは異なるが一生忘れない思い出となって娘たちの心に残っていくことは確かである。子供は観察の先生だ。実にいろいろなことをよく見ているものだから。

親に似る

最近になって、私は身体的にも親によく似ているなと思うことが多々ある。それこそ純粋に親の庇護《ひご》下で生きている時は、「親に似ている」と言われるたびに、持って行き場がないような歓迎しない感覚であったが、親の庇護下を無理矢理追い出された一〇代後半から、親に似ていると言われるとホッとするという正反対な体験もしている。いかに親の安定した愛とか安定した生活習慣が一人の人間形成に深く影響するかを痛感している。

私は父と母からちょうど半分半分に受け継いでいるようで、小さい時はお父さんにそっくりと言われたが、四〇歳を過ぎたあたりから、お母さんにそっくりだと言われるようになった。

私自身はそうは思わないのだが、会う人ごとに「お母さんそっくり」と言われると果たして自分は母のどこと似ているのだろうかと考える。

父も母も若白髪の家系なので、二〇代ですでに白髪があった。二五歳と二九歳でそれぞれ二人の娘を産んでからはもっと白髪が増えた。二人とも母乳だけで育てたこともあって、ある日自分の額の髪が後退していることに気がついた。それからの三〇代は白髪と後退と歯が砕《くだ》けるということに悩まされ続けた。人間を一人産むということは、自分の身体がどんどん変化することによって、こういうことなのかと、ある意味、お母さんの自覚を得たといっても過言ではないと思う。それは大変動物的な感覚で、まさに自分の細胞から生まれた感覚そのものだ。娘二人が、本人たちの不注意でけがをするたびに「私の細胞に傷をつけるな」と叱《しか》ってきたが、「そんなことを言うお母さんはママだけだよ」と冷たく言われたことがある。

まだ二人の娘たちが小さい時、私はよく様々なシチュエーションを考えて、どうしたら生き残れるのかを考えてばかりいた。万一、寒空の中放り出されたら、「ここでは水が飲める」とか「ここでは野宿ができる」など、そういったことを想像しては、けして今の生活が安住の場所ではないという戦闘態勢にしておかないといられない。それが母子家庭というやつだ。私はか弱く美しければ別の道を、たとえば自分の美貌を武器に娘たちを育てる、なんてことを考えたであろうが、残念ながら私はそこまで美しく生まれつかなかった。それゆえに私が父親の役目を担《にな》っていたとも言える。歯が砕けたり、髪が抜けたり、白髪が増えたりすることは、私が母親である証《あかし》なのだ。

そう言えば、先日、母の髪を染めることになった。もちろん美容院に行けばこと足《た》りることだが、江戸っ子でせっかちな母には、あの美容院の椅子に三時間も座らされていることに耐えられない。そのため母は自分で染めることが多いのだがそうすると後ろまで手が回らない。それで私が勇んで母の髪を染めに出向くわけだ。

母は長い髪が好きではなく、私が幼い頃からずっとショートカットである。ショートカットの髪はまだきれいにふさふさで、私は嬉しくなる。地肌につかないように注意をしつつ、母の白髪を染めていくとふと、母が鼻の話をする。

母の鼻は見事なだんご鼻で、私は母のその鼻は嫌いではないが、私も私の上の娘も鼻が少し丸い。

なぜだか下の娘の鼻は潰れてはおらず、いわゆる鼻筋が通っているというやつだ。

ここにきてこの子の鼻は誰に似たのであろうかと思いを巡らしてみる時、自分という人間がいろいろな人の影響を受けて今この顔として生きていることの意味をとても不思議なことのように思えてくる。

皺があるとか、シミがあるとかそういうことでなく、清潔で健康な顔でありたいと思う。皺の一つひとつに思い出があり、シミの一つひとつに歴史が刻まれている顔を、どうして元の姿に戻そうと必死になるのか、私にはその理由がよくわからない。

そしてもはや娘たちは大きくなって私が戦闘態勢にならなくてもいい時になったら、どちらかと言えば優しい顔立ちになっていたいと思う。

残念ながら今はその余裕はないけれど、きっとそんな時代が来るだろう。私と母は会えばそんな夢見がちな未来の話ばかりしている。

母は髪を染めながら気持ち良さそうにしていた。七〇歳を過ぎても現役で働く母ではあるが、どうしてこの人をもっと楽にさせてあげられないのだろうと娘として大変不甲斐《ふがい》ない気持ちになって帰路についた。

五月生まれ

私は五月生まれだが、一年の中で五月が一番好きである。夏にはまだ早いし、寒くなる日もあるけれど、晴れると自分の人生までもがキラキラと輝いて見えるような、そんな季節に生まれたことを感謝する月でもある。自分も子供を産んで初めてわかったのだが、子供がおなかにいる時の一〇か月、自分が悩んだり、不安だったりしているとそれは否応《いやおう》なく子供に伝わるということ。科学的根拠は何もないけれど、そんな気がしてならないのは私自身がそのようなことを痛感しているからでもある。

上の娘が生まれた時も下の娘が生まれた時も、いつも私は非常に不安定だった。一七歳くらいをピークにして、私は常に長いトンネルの中にいたようだ。親が離婚して、それぞれ再婚する、そして自分も何かに急《せ》かされるようにして結婚し母親になった。

誰かに甘えたいと思いつつ、それができない中で、自分の命よりも大切なものを二人も授かったことに正直怖さを抱えてもいた。

自分は果たして母親として生きていけるのだろうか。この先ずっとこの子たちを守れるのだろうか。いくら楽天的な私であっても、子供が生まれた時に芽生《めば》えた大きな責任感は母になった幸せと同じくらい重いものだった。

この責任感を受けてたつのか、それとも逃げてしまうのか、その二つの道、もとは一つ。世に虐待《ぎゃくたい》が増えるのは、この道の選択次第である。

心が弱ければ、責任の重さにたじろぐであろうし、子供を守れると心に決める余裕があれば、その責任もまた楽しむことができるであろう。今はその余裕を国が与えていないのだから虐待も減るわけがない。子供が生まれて働くこともままならないお母さんたちはきっと私とは別のトンネルの中で一生懸命子育てに向き合っている。

私は幸い、母という大きな応援団もいた。子供たちもとても素直な子だったこともあり、何とかこの責任感に押し潰されずにすんだけれど、何かが一つ掛け違っていたとしたら、いつだって子供を守れない母親になっていたかもしれない。

そのくらい、子供を産み、そして育てることはけっして放棄することができない重い責任を持つことになるのだ。

とはいえ、母と父が私と同じようなことを考えていたかはわからない。

すべてを時代のせいにはできないけれど、母と父がいた時代はやはり今の時代とは違う。国自体が大きく成長する時期と重なって子育てをしてきた世代、若さに任せて知らないうちに子供ができて、その子供たちは母方の祖父母が見てくれた母と父にとって、子育てとはなんだったのだろうかと今になって思う。

時折、母に私はそのことを問う。それは怒っているとかそういったことではなく、母はどんなふうに子供たちと向き合っていたのかを知りたいと思ったからである。

しかし、そのような質問をすると母と父はいつもはぐらかして明確な答えをくれたことはない。私も姉たちも、いつもそのことを聞きたいと思っていた。どんなふうに私たちが生まれ、どんなふうに子供に対して向き合ったのかを話してくれたらと思うこともある。

自分のルーツというものを知ることは大きな人生の意味を知ることにもなる。

私はまだそれをしてもらっていない。父はすでに他界してしまったからそれを聞くことはもはやできないであろう。ただ、母がそれを話すことを心から願っている。いくつになっても子供はそういうものだと思うから。相変わらず母はこの質問をはぐらかして生きている。自分が死ぬ時は私の下の娘に抱かれて死にたいというのが最近の母の口癖だ。きっとこの人は人生の自分の感情を外に出して思い出のように話すことに大きな勇気を必要とする人なのであろう。

その分、私は娘たちにどんな小さなことでも伝えていこうと思う今日この頃である。

親子の関係性

先日親子の関係性が一番薄いのは日本だということをイタリアの友だちに言われた。イタリアでは男性は自分のお母さんをとても大切にするし、もし仮に夫婦が離婚をしてもきちんと親として協同しながら子育てをする関係になんら影響を及ぼさないという。

私もかつてフランスに留学していた時、そんなカップルをたくさん見ている。

私はオペールという、お手伝い兼ホームステイの学生だったので、いろいろな家庭に呼ばれてはチャイルドシッターとしてアルバイトをさせてもらったが、この時の経験は本当に素晴らしいものだった。夫婦という単位をとても大切にするフランスでは、もちろんそれぞれの個人の時間を同時に大事にし合うため、そのメリハリがとても心地よかった。

子供の世話は原則としてお母さん、たまにお父さんがそれをやるだけで取り上げられるなんてことは特になかった。二人は金曜の夜と土曜の夜はドレスアップして夫婦の時間を楽しむ。日曜日には家族での時間を大切にする。普段の日はそれぞれの時間を大切にする。

果たして日本ではそうはいかないのが現状だと思う。

私が幼い頃、親と話す時間をつくりたくて、父の書斎の前を用もないのに歩いた。その後、父が野球の結果を気にしていることがわかると、自分が野球の速報を持って行くことを思いつき、そこから私は一気に野球の面白さに目覚めていくようになった。

父にスコアブックの付け方を教えてもらい、それから球種を教えてもらい、もっと正確に楽しく速報を届けることが楽しくて仕方がない。父はその速報を見て、どうしても自分で観戦がしたくなり、私の部屋にだけテレビを入れてくれていた。それは自分が私の部屋で野球観戦をするためだった。父は野球観戦をしつつしばしうたた寝をして、書斎に帰って行く。

母の時がもっと大変だった。母の仕事はいつも臨機応変な対応を要求されていたので、予測がつかないからだ。母はたいてい父と同じサイクルで寝たり起きたりしていたので、時間があいた時によくお風呂に入った。そんな時、私は母に話を聞いてほしくて一緒によくお風呂に入ったものだ。母に自作の童話を聞かせたり、母からのリクエストで何か物語を読んでそれを自分に話してほしいと言われると嬉々《きき》として物語を語る練習をしたりした。

母はあっという間に出てしまうのだが、そんな少しの時間を使ってそれなりに父と母とコミュニケーションをとることができたのは、うちが作家の家だったからかもしれない。

他の家はどんなふうに親子のコミュニケーションをとるのだろう。

ちなみに私は家では一切仕事の話をしない。たいていは娘が観ているテレビを一緒に観たりすることが多い。いつの間にか娘より見入ってしまって、気がついたら一人ということもあるが、娘たちを通していつも新しい情報をもらっているような気がしている。

若い時間はあっという間に過ぎ、彼女たちはその真っ只中にいる。ひどく大変そうに見えることもある。

下の娘は高校の時に好きだった人の影響で、強迫性障害を患《わずら》うことになった。実は私もこの強迫性障害を幼い時から持っている。私は家族でオーストラリアに行った時にハグ文化になじむことができなかった幼い頃からずっと強迫性障害に悩まされてきた。

それでも今は普通に暮らしているが、ひどいストレスがかかると症状がひどくなったりする。最近あることがあってからまたひどくなっている。

私の時代は強迫性障害なんていう名前はついていなかったのだが、今そういうらしいということを娘と一緒に学んでいる。彼女も私もある意味では、大きなストレスの後の後遺症を引きずって生きているわけだがこの間通院の帰り道で、ふと思った。

なんて人間臭く私たちは生きているのだろうと。その思いを娘にラインで伝えたら、娘から返ってきた返事はこうだった。でも、強迫性障害になるほどに誰かを好きになるなんて素敵なことだと今は思っているよ、と。

私はこの文章に娘の成長を見た気がした。そうだね、本当に素敵なことだね。誰かを一生懸命に愛した証拠みたいなものだものねと返事を返したのは言うまでもない。

いないはずの「父への手紙」

今、私は何か本当に嫌なことがあると、いないはず父に手紙を書く。この習慣はもう五年ぐらい経つだろうか。「こんなことがあるからぜひ答えを欲しい」、「こんなことがあるからどうにかしてほしい」と配達されない手紙を自分の机の後ろに書いては投かんする。

投かんしてももちろん翌日も手紙はそこにあるのだが、もしかしたら届いているのではないかと思うこともある。ある日突然問題がクリアになったこともあるので、真剣に父に手紙を書いているのだ。もう三〇〇通くらいになっている。

もちろんお願いしたことがちゃんと叶った時は、お礼のお手紙も書いている。時にはなじるような手紙もある。それを書いている時は親が死んでいようがいまいが関係ない。ありのままを書いてそのまま封をしっかりと閉じてやっと前に進んでいるような気持ちだ。

私の中で手紙というのは特別なものだ。手紙を書くことで自分の思いを伝えることは人間の基本だと思うから。だからいつもどこでも手紙を書くことを忘れない。

そういえば忙しかった母に毎日手紙を書いていた。小学校三年生から六年生にいや、もっと大きくなるまで母が遅くまで仕事の時は必ずそれを母に届けた。

「世界で一番大好きなママへ」と書かれた手紙の中には、今日あったこと、どのくらいママのことが好きかということ、ママも仕事を頑張ってほしいということが書かれてあった。

実はその頃、私は私で幼い中でもいろいろな悩みがあった。逆上がりができないこと、国語は得意なのに算数がまったくできないこと、男の子たちにいじめられること、学校が嫌いなこと、様々な悩みがあったのに、今ほど正直にそれを書くことができなかった。いつもいいことばかり書いては母に届けているので、母はきっと私が普通に学校生活を送っていると思っていただろう。

あの時、そんな思いを気づいてもらいたいと思って母に手紙を書いていたのだけれど、母はもちろん知る由もない。手紙とか、今ならメールとかＬＩＮＥとか、その人が発する言葉に耳を傾けてみたらもっと心の中がわかるのではないかと思う。だから私は娘たちによくラインを送ることにしている。

娘たちは私によくＬＩＮＥをくれるけれど、その返事の仕方がいかにもその子らしい時にこうして手紙でなくても伝わることってあるのだなと感じる。それでもこんなに簡単に誰かとつながることがいいことなのか悪いことなのかわからない時もある。少なくとも相手の字は見ることができないし、その字ににじみ出る人柄もわからない。

それにしても手紙とはなんと素敵なものだろう。ロミオとジュリエットでは、神父様の書いた手紙をロミオが見れなかったためにあの悲劇が生まれたし書簡文学という素敵な趣向が散りばめられた作品もこの世に生まれなかったであろう。

私は一日に何通も手紙を書く。

午前中はほとんど机に座ってお礼状を書いて過ごす。字がうまく書けない日もあれば、一気に三〇通の手紙を書いてしまうこともある。

手紙を送る、そして思いを伝えるということがまだまだ主流だった時代、手紙を書いて返事をもらうまでの時間に人は考えを熟成させてきたに違いない。一方的に送りつけて返事がないと怒るなんてことはきっとなかったと思う。この一度時間を置くという作業がいかに人を想像力豊かな人間にしているかは計り知れない。人生はそんなに簡単にすぐにことは進まない。焦らずに自分の中で考えを熟成させていくことできっと人は人とより深く理解し合えると思うのは私だけだろうか。

時間という誰にでも平等で誰にでも容赦《ようしゃ》がないもののおかげで、人の心も熟成していくのだ。配達されない手紙を書く人は、この世にたくさんいることだろう。手紙はいつも一対一の会話のようなものだから、きっとこの手紙を書かなくなる時が来るまでは、父に手紙を送り続けていく。

人が生まれてきた奇蹟

当たり前のことだが、人が生まれてきたことはとんでもない奇蹟《きせき》だと父はよく言っていた。そのご先祖様の誰が欠けても自分は存在していないのだから、改めてそのことに思いを馳《は》せる。私は昔から母方の祖父母といるのも好きだった。しばらく共に住んでいた父方の祖母の変わった話を聞くことも嫌いではなかった。

母方の祖父母は幼い私にたくさんのことを教えてくれた。夏の朝、珍しく早く起きると当たり前に大なべでその日に飲む麦茶が湧かされていた。その香ばしい匂い。そして祖父が仏様にお線香をあげている。当たり前の朝の光りと匂いをよく覚えている。

春は祖母が丹精《たんせい》込めてつくった中庭と外庭の花々や草木が一斉に満開になり、新緑はそよそよと音を立てていた。夏に盆灯籠《とうろう》がきれいに回っており、迎え火を祖父母と焚《た》いた。「ご先祖様がいらっしゃるからご先祖様をおぶって」と祖母に言われて、目にも見えぬご先祖様をおんぶする真似《まね》をした。いつだって祖父の膝《ひざ》が私の午睡の決まった場所だったのである。

秋には秋の味覚が食卓に並び、祖父がほんの少しだけ飲む晩酌はビールの小瓶からお酒一合に変わった。冬は長火鉢《ながひばち》でおもちを焼いた。季節のどの場面にも祖父母の姿があったことは私のもっとも大切な宝物だったのだと気がついた時にはもう祖父母はいない。

父方の祖母も、一緒に住んでいた頃はいつだって谷崎潤一郎《たにざきじゅんいちろう》の物語を聞かせてくれたものだった。いつでもまっすぐに孫である私にいろいろな体験をさせてくれた祖父母たち。この祖父母たちの存在なしには私の故郷だった場所、そして幼い頃の思い出は語ることができない。

会ったこともなかった父方の祖父は写真でしか見たことはないが、よく父に言われていたのは「君はマス（父の祖母）と修吉さん（父の祖父）によく似てる」ということ。小さくて働きものでしかも美人だというのが父のいつもの私を褒《ほ》める時の言葉だった。

こうして私たちは当たり前のようにいろいろな鎖の輪の中で今、命を授かっているのだ。

母はよく「孫は可愛い」と言う。私にはまだ孫はいないからよくわからない。

だが私は娘を一人で育てたので、孫よりもずっと娘の方が可愛いと思う。母は自分で子育てをする時間がなかったから仕方ないのかもしれない。

よく母に「娘なんてどうでもいいのよ。孫さえ幸せならば……」と。半分冗談のつもりで彼女は言っているのかもしれないが、ひどく傷ついていることを母は知らない。

娘と孫は違うはずだ。別に競う気はさらさらないけれど、それは言わないでもいいところ。こういうところが母が江戸っ子である所以だろう。江戸っ子というのは言わなくていいことをいつも言っては物議をかもすのだから……。

「でもね、お母さんが幸せでないと子供だって幸せにはならないものだよ。だからまずママは自分の娘をもっと大切にした方がいいのよ」とこちらもふざけた感じで言ってはみるが、母はどこ吹く風である。

母なりの照れがあるのかもしれないが、どの子供と親であっても、どちらかが幸せならばいいと言うものではない。子はいつまで経っても親を心配し、親はいつまで経っても子供を心配するものだから。

最近はなるべくこういった無責任な母の言動を私は思い切り注意することにしている。

「ママ、娘が幸せになるためには、私が幸せにならなくてはならないのよ」と言うのだが母はどこまで本気かわからない。今でいう毒親の素質を十分に持つ母であるが、この法則でいけば、私が幸せになるためには母にも幸せになってもらいたい。

そうやって確実に親の幸せは子供に影響し、子供の幸せは親に影響する。皆が皆で自分の幸せにもっときちんと向き合えればいいのに。

お施餓鬼供養

あるお寺に毎年供養《くよう》に行くことを勧《すす》められた。とても素敵なお寺である。

ここは由緒正しいお寺。この土地を寄進された方が祈祷《きとう》道場をつくるように諭《さと》したそうだ。

私の家系の業《ごう》がひどいので、それをまるで紐《ひも》を解《と》いていくように祈りとご供養でほどいていく作業をする人間が家系には一人はいるのだという。

私はどうやら一族の中でそういうことをするために存在しているらしい。そういう役目を与えられているような予感は最初からあった。私は何よりいつでも祈ることを忘れたことがないからだ。

悩む前に祈る。何に向かって祈るのか。それは大宇宙や神様、そして龍神《りゅうじん》様、そしてご先祖様である私の守護霊に対して祈るのである。それは私にとってはいつものこと。だからいつもどこか浮世離れしていると言われる。そうではなくて落ち込む前に祈ることが癖になっているだけなのだが。これも誰に教わったわけではない。いつしかそういう癖がついていた。最近気になっていたのは父のこと。父がこの世から去った時から父は夢に一度しか出てきたことはない。

まるで幼稚園のような教会の中に古いオルガンが置いてある。そのオルガンの後ろに古い毛布にくるまっている塊があって、その毛布をめくると父がいた。父は裸でおびえた顔をしていた。「やはり生きていたんだね。よかった」と声をかけても父はもじもじしているだけだ。そんな夢を見てからなんだかずっと気になっていたのだ。

私だけの祈り方ではダメなのではないか……漠然とした不安があったのだがこういったことは安易に人には聞けない。悩んでいたら不思議と導かれて自分にぴったりのお寺に辿《たど》り着いたのだ。辿り着くまでには慈愛を持った素晴らしい人たちが手助けをしてくれた。

ご住職は今でも厳しい行を積んでいらっしゃる。目に見える世界と目に見えない世界があることを説いてくださる。土地の水を飲み、そして太陽を浴びながらお話を聞いているとふと涙が出そうな気持ちになって私は本当にありがたいという気持ちにつくづくなったので、きっとこれはご先祖様が喜んでいるのだと思うことにした。

私の家の場合、とても一回や二回のご供養ではおさまらないであろうと思われる。

父は大変ご先祖様に愛された人だそうだが、母のところは気だけはいいが庶民のおうちであるから、面白おかしくこちら側を見ていたに違いない。

お施餓鬼《ふせがき》供養をしていただく。お施餓鬼供養は餓鬼道に落ちた魂に対して行うもので、餓鬼になると食べ物を食べても、飲み物を飲んでも、それは口に入れたとたん燃える炭となり飲み物は油と変わる。餓鬼はいつもおなかを空かせているしかない。

そんな餓鬼に対して、飲み物は飲み物で味わっていただき、食べ物は食べ物のまま届ける。餓鬼が感謝してくれたら、その感謝をご供養のお力としていわば使わせていただくのだ。お寺でお施餓鬼をしていただきそのままお供《そな》え物《もの》とされたお米やお菓子、果物や飲み物はお施餓鬼のお経が終わった後、裏山に持っていく。

そこに置いておけば、山のサルやいのししがきれいに食べてくれるのだそうだ。そのお経を聞いている間になぜだか涙が止まらなかった。涙はあたたかいと感じたのは初めてのことだったので、なぜこうも大粒の涙が溢れるのかわからない。

お施餓鬼供養の後は、特別にご祈祷をお願いした。ご祈祷は大きな声で結界《けっかい》の中でご住職が行うのだが、その声はまるでラップ。その美しいラップは身体全体に大きな膜《まく》を張って私を守ってくれているように思う。

祈祷すること、何かに祈ること、そんなことを単純に素晴らしいと思える歳となり、帰りの車の中で一緒にお施餓鬼供養に参加した娘と話をした。

「好子ババはさ、死んだらお骨を海にまいてほしいんだって」と娘は言うので、そんなことはさせないと私は制した。どうして？　と聞かれたが、その答えがわからない。せめて祈ることの楽しみを奪わないでほしいと思うのだが、それは娘のわがままだろうか。

名前は人柄を表す

うちの娘は二人とも植物の名前をいただいてつけた。

上の娘の名づけ親は私の母だ。李恵《りえ》という。中国でも韓国でも日本でも使われる李の字を使って、アジアの架け橋になれる人間でありなさいという意味を込めている。

一文字で読めば「すもも」だ。

下の娘の名づけ親は私の父、そして上の娘の二人でつけてくれた。

「奈央《なお》」と「櫻子《さくらこ》」と言う名前の候補を考えたのだが、父が「さくらこ」ならば旧字体にしなさいと言われたこと、そして李恵が「自分がすももだからさくらがいい」と言ってつけられた名前なので、特に意味はない。下の娘は本当に小さく生まれたのだが顔が丸くて、小さな桜色のきれいなお地蔵様のようだった。その顔を見た時、やはりこの子は櫻子として生まれてきたのだろうと迷わずに櫻子に決めたのである。

人の持つ名前というのは、不思議なものだ。

ある人は名前というのはその人を守るものだという。まるで見えないベールのようにその人の名前はその人の人生を守ってくれているように思えてならない。

私の名前であるが、私の名前はお釈迦《しゃか》様のお母さんの摩耶《まや》夫人からきているらしい。大変恐れ多い。

このマヤという名前はインド、アメリカ、フランスにもいる。日本ではまだそんなにポピュラーな名前ではなかった私の小学生時代は、よく名前についていろいろとからかわれた。

私としては普通の名前にしてほしかったという思いがあるが、今は自分の名前がとても好きだ。しかも麻矢という漢字は私自身を表しているようにも感じている。

ある方が「麻も矢もまっすぐに進む、というか、まっすぐにしかいかない」と言われたことが大きい。少し柔らかくいきたいものだが、相変わらずまっすぐのストレートで飛んでいく私の矢を母はいつも諌《いさ》めるのだ。「あんたみたいにまっすぐに進めば、いつかプツンと真っ二つに折れる。もっと嫋《たお》やかになりなさい」と。

私の目下《もっか》の目標は矢よりも麻である。麻のようにどこまでもまっすぐで高く心根が伸びるようになることだ。麻は古来から神仏には欠かせない植物でもあった。麻の中の蓬《よもぎ》というたとえがあるように、たとえまがった蓬でも麻の中で育てばきっとまっすぐに成長する。矢を卒業して麻に少しだけシフトを移していくことが、私のこれからの目標だと言える。

娘の名前は植物からいただいた。手前左が次女の櫻子、右が長女の李恵。
中央、著者に抱かれている老犬が晶。キラキラ輝く水晶をイメージしてつけた名前だ。

母の名前は大変平凡な名前だが、私はこの「好子」という名前がとても好きだ。女の子だったからという理由でつけられたそうだが、形が柔らかくてどことなく愛嬌《あいきょう》がある。好《この》ましいという意味ならば女の子にはうってつけの名前だと思う。

私が小さい頃、母は本当にいつも好ましい人だった。動物にも優しく、いつも明るく、そして頑張り屋さんだった。いつしか母の好ましさは顔や背中、そして風情に現れてくるようになった。大人の顔というのは本当に恐ろしい。その人の生きてきたすべてが顔に出るのだから。

母もいい顔をしていたのをはっきりと覚えている。特別頭がよくなくても、なんの事件も起こさず真面目に生きてくれれば人は皆いい顔となるはずなのだが、最近はそうでない人が多い。

一〇年後の自分に思いを馳せるのではなく、一〇年後の自分に恥じないように今を生きること。それがきっと一番いい年の取り方なはずだ。

何か大きな選択に迷ったら、一年後、二年後、五年後、自分の選択で自分の人生を汚すことのないように人が生きていけたらどんなにいいだろうかと思う。

未来を夢見るならば今をしっかり生きるしかない。

ちなみに我が家の老犬は「晶《しょう》」という。

たまにペットクリニックで「あきらくん」と呼ばれることがある。キラキラと輝く水晶をイメージしてつけた名前なのだが、なかなか一回で「しょう」と呼ばれたことがない。

お墓参り

私は今の結婚をしてから人を心底大切にすることを学んだように思う。そんなふうに思える人に出会ったことに心から感謝している。

私はそうだが果たして相手はどんなふうに思っているのだろう。彼曰く「同情婚」だそうだ。あまりに一生懸命働いているので可哀そうになったそうである。

歳が二四も離れていて同じ干支《えと》。下手したら親子ほども違う人と結婚した時、やはりあなたはファザーコンプレックスなのですねと言われたことがある。ファザーコンプレックス気味であることは否《いな》めないまでも今までお付き合いしてきた人は同じ歳かせいぜい二歳ほど違うくらい。恋人や結婚相手にまで父親を求めるほど甘い人生を送ってきているわけではないので、自分はファザコンであるなんて考えたこともあまりない。

それにどちらかと言えば私の方がどこか老成していて面白みがない。若さもない。結婚した相手の方の精神の方が私より遥かに若いと思われる。

私が結婚した時、一番嬉しかったのは自分が死んだ時に入るお墓を自分がお参りできること。昔からお墓参りの好きな子だったので、自分の墓が持てたことがとても嬉しかった。それを結婚相手に言ったら笑われてしまった。

結婚してお墓ができたと喜ぶのは君くらいだよと不思議がられた。毎年お正月元旦にお墓参りに行き今年もどうぞよろしくお願いしますと拝むととてもすがすがしい気持ちになる。

今、旦那様と一緒にお墓に入りたくない人が増えているそうだが、私はそれがわからない。

二人でお墓参りに行くとそこには彼のご先祖の戒名《かいみょう》が並んでいる。

彼のお父さんはフィリピンで戦い、その後、餓死をして日本に戻ることなく戦死してしまった。そのことを考えるといたたまれなくなる。彼は昭和一八（一九四三）年生まれだから、まだお父さんの記憶もないそうだ。お父さん不在の中で彼を育てたのはお父さんのお母さん。

明治生まれのしっかりとした人だったそうだ。その当時お母さんも若かったはずだが、彼のお母さんは再婚をすることなく、お姑《しゅうと》さんと一緒に彼を育てた。二人とも立派だなと思う。

お墓に行くとそのお父さんの戒名のところにたくさんのお水をかける。のどがカラカラに渇いていたであろう、フィリピンまで行かされて息子の成長を見ることもできなかった御霊様《みたまさま》に思いをはせる。よくあの世はないという人がいるが私はそんなことはないと思っている。あの世というのはきっと次元の違うところで確かに存在しているような気がするからである。この世がすべてならば、本当に好き勝手に生きるしかなくなるが、肉体がなくなっても魂が残るからこそ、人は一生懸命生きるのだから。今からせっせといろいろな体験をして魂を磨いていきたい。

死がどんな形で訪れるのかわからない。そのことを考えるには私は健康でまだ死ぬには早い。けれどあんなに怖がりだった父もたった一人で死の世界へ旅立っていったのだからきっと私もそれができると思う。怖くないように死が訪れた時にどんな感じなのか本を読むけれど何が正しいのかもよくわからない（当たり前だが）。

そう言えば、がんに侵された父は、夜中の電話でこんな話をしていたことを思い出す。


僕はまだ病気というのがわかって、こうやって君と話をすることもできる。お別れというか覚悟のようなものを少しは持つ時間を許されている。それでも怖いのだから、戦争で亡くなった人や原爆で亡くなった人たちがなんのお別れも言えずにこの世からいなくなるというのはあまりにもむごいことだと思う。

愛する人や大切な人に別れすら言うことができないのだから……。


「人は生きてきたように死ぬ」というのは母の言葉。

「人の性格はその人の人生と似ている」というのは父の言葉。

せめて家族を愛し愛される準備を今からでもした方がいいかもしれない。身近な人に感謝することができたら一番いい。最近意識してやっていることは一歩一歩、足を前に出す時に「ありがとう」と心で唱えて歩くこと。もちろん心の中でだが。

正直言うと、ありがとうと言えない日ばかりが続く。修行の道はまだまだ遠い。人がこのことを皆でやり出したら本当に素晴らしいのにといつも思っている。

故郷

長いこと故郷に憧れていた。故郷を持っている人としか付き合ったこともない。これは何を意味するのか。自己分析するに故郷コンプレックスが私の中にどっしり居座っていたからだと思う。

故郷とは、私にとっての家族。それを失ったと思っていた二〇代、自分の帰る場所が欲しくてたまらなかった。家族というものを失ったと思っていたのだ。でもそれは違った。細胞が分裂するかのように家族は増えたり死滅したりして形を変えただけのこと。故郷というのは何も土地だけのことではなく、脈々と流れる血の中にあったことを感じることができたことによって私はようやくこの家族の問題から離れ、自由に羽ばたこうとしている。

父と母が別れたことによって生じた私の心の葛藤は長いことかさぶたとして残ってはいたが

それは剥《は》がれ落ちた。もちろん傷痕《きずあと》は残るけれどもう痛くはない。父を嫌い、母を恨むこともあった。けれどそんなことをして何になるのだろう。

私は紛れもなく、この二人から生まれたのだから。それを納得するには三〇年もの長い時間が必要ではあったが……。

父の意識が混濁《こんだく》し、もう何の質問にもこたえてくれなくなった時、父のきれいな手をおそるおそる握りしめた。父の再婚から遠慮して遠くなった存在。今こうして父の手に触るのは子供の頃、一緒に野球を観に行った時以来のこと。

その手を握りしめて私は改めて深く、深く、自分が思う以上に父を愛していたことを痛感した。最期の時をそんなふうに締めくくってくれたことが、今の自分を奮い立たせている。

本当は生きていたらもっとやってほしいこともあった。ただでさえ複雑な家族関係を抱える井上家ではなおさらだ。「まったくいつも家族に関しては詰めが甘いんだな」と、もはや笑うしか手がない。

実はこの父の死を境にして、しばらく母とも距離を置かざるを得ない事態に陥ったこともある。どんな時も「母を幸せにしたい」と思って生きていた私にはあの時間はとても辛かった。「ふん、こまつ座をつくってはみたものの、二年で逃げ出したじゃないか！」と思うこともあった。でもその時間ですら必要なことだったと思える。いつかきっとわかってもらえると信じていたし、結果その通りになった。

最近の母は相変わらず私にはいつだって厳しい。もう少し優しくしてもいいのではないかと時折ひどく落ち込む。

母は最近同じことを繰り返すことが多くなった。夜中に突然怒りのメールを寄越すこともある。「人に毒をまき散らさない」と言ったのはママだよ、と半《なか》ば怒りながらそう伝えるとまだ納得していない様子。「塩でも撒いて寝てしまいなさい」と電話を切ることも増えた。

私はまだまだ母を満足させられていないようだ。

歳を重ねることをことさら大げさに言う母、時代はもう私たちの時代ではないのよ、とよく言うけれど私はそうは思わない。そんなことを言うのは格好悪い。

江戸っ子ならば最後まで江戸っ子を貫いてほしいものだ。

社会は大きい。その中できっと歳をとらないと見えてこないものがあるのだからこれからが本当の総仕上げだと覚悟してもらいたい。

いつだった、またひどくキツイ言葉を言われた。

「あんたの仕事はこまつ座をたたむこと」と。

いつだって私のやることには反旗を翻《ひるがえ》してきた母だけれど、ここが私の故郷だから、そう簡単にたたむことはできないのです。

私の玉手箱

いつだったか訪ねたイタリアの町で、とある教会に立ち寄った。そこには美しいピエタがあり、そのピエタを毎日見たいと思った。

幸いそこは泊まっていたホテルから近く、朝に必ず礼拝に通うことができた。礼拝に来る信者さんたちの中にいつも白い花をつけている老婦人がいた。

昔ここは病院にもなっていたの、人が死に生まれを繰り返した場所。生と死がいつも仲良く隣り合っていた場所だそうだ。

滞在中、何度も通うことになったその教会の後ろの方に、ロウソク台が置かれていた。お金を入れれば誰でもロウソクに火をつけることができる。少々小さくなったロウソクから火をもらい、新しく自分のロウソクに灯《とも》していく。その姿を見ていたら、生きていることはきっとこういうことなのだろうという気持ちになった。溶けてなくなりそうなロウソクから、今にも消えそうな火を新しいロウソクに灯していく作業は私に多くのことを教えてくれた。

私は両親から命をもらい、そして頂いた命を次に引き継いでいくに過ぎない。この生命の営みの中で出会った人たちから何を受け取り、何を自分の大切な人たちに手渡していくのか、それだけを考えて生きてみようと素直にそう思えた。

それにはあまりにも汚いことがまかり通る世の中なのだが、こう決めた時からそれ以外のことは私にはあまり重要ではなくなってしまった。

そして、その作業もせずに人を貶《おとし》めたりする人を見るたびに、ああ、可哀そうだなと思えるようにもなった。

いつか聞いた話ではあるが、魂は学ぶことがあるまでいつまでも再生するらしい。

再生を続けていく中で、人は学びそしていつか魂が磨かれたらやっと次なるステージに上がっていくという。未熟なところがあれば何回も再生するということを私は信じている。

父はあの世でしばらく眠っているだろう。圧倒的に他の人よりも眠る時間に制限があった人だから、今はそうしているように思う。私がいつかこの世からいなくなる時はきっと私を迎えに来てくれるだろう。順番から言えば母も私を迎えに来てくれるし、縁あって結ばれた私の結婚相手も迎えに来るようにすでにお願いをしている。

ここにきて母は自分の骨を散骨してくれと言っていた。残念だがその夢は叶わないだろう。

「散骨するなんていうのは自分勝手だ」と私は母にそう言っている。

私が娘たちのために建てた家は、本当に小さくて長い。庭もないが、そこには私の好きな花であるジャスミンが、毎年春になると一斉に白い花をつける。まるであの老婦人のつけていた花のようだ。

あまりにも小さな家なのだが、かつて別れの際に両親が置いていった写真やら手紙やら手帳など、あの日に置いていかれた思い出の数々が大事にしまってある。そのために家はますます狭い。

だが、そこには家族の歴史がかつての匂いや風景と共にまるで玉手箱のように眠っている。時折、懐かしくなることもあるが、その戸棚を開き、玉手箱の整理をすることが仕事をする私にはその時間がない。でもいつか確実に私にもやってくる「老いの時間」の楽しみの一つでもある。

その頃までにはできたら庭のある家に引っ越したいとも思う。そこにジャスミンだけでなく様々な木を植えたいと思う。

風が吹けばザワザワと音を立てるようなそんな中で、大切な人たちを思い出したい。

1974年頃、自宅居間にて娘たちと将棋を指しながらくつろぐ井上ひさし。
写真左から元妻・好子、中央手前から三女の麻矢、長女の都、次女の綾。
後ろの棚の上に『ひょっこりひょうたん島』の人形が置かれている。

おわりに

悲しみを手放すこと……。

それが歳を重ねる秘訣《ひけつ》だと知ったのは両親のおかげかもしれない。

人生は幸せになることを求めることではなく、生きていることの連続の中で起こる小さな幸せを積みかさねていくこと。

いつになったら楽になるのだろうかと問い続けて進むことがいつしか自分の力になっていることを誰しもが痛感する。私は何度か結婚をしたが、「二度と結婚したくない」と思ったことがない。本当に心から愛しいと思える人を見つけられることがすでにもう奇跡なのだからその気持ちの延長線に結婚もあり、離婚もあるのではないだろうか。もちろん失敗だなどと思ったこともない。別れた時は憎しみ合い、その気持ちが収まったわけではないが、与えられたことの方がはるかに多いことに気がつく。

傷つきやすい少女時代に親の離婚を通して感じた孤独も娘としての不甲斐ない気持ちも、振り返ってみると妙に懐かしい。あの時必死に前に進めたことを今感謝している。

私を産んでくれた両親、育ててくれた祖父母、何世代から続く私をこの世界に送り出してくださった宇宙の営みにも、奥底から湧き出てくる畏敬《いけい》の心があり、支えてくれた友だちや人生の先輩たちにも導かれた。

この先、このままではだめだと思うこともあるだろうが、それでも人は一歩でも前に進む力を備えているはずだ。


この数年、父と母がつくった劇団を通して、離れていく人、力を貸してくれる人、そしていつの間にか手のひらを返したように態度が変わった人を見て生きてきた。意外な人が手を貸してくれ、理解してほしい人に理解されずに大変な目にあった。それはいまだに続いている。

時に心が折れそうになりながらもなんとか進んでいる。

この複雑怪奇、魑魅魍魎《ちみもうりょう》とした仕事を一〇年は続けていくこと、誰に何を言われても淡々と続けていくことは父との約束である。一〇年先のことはいかにその一〇年を過ごすかによって答えが変わるはずである。今はその八年目……その答えはもうすぐ出るはずだろう。

そしてこの八年間は、母の愚痴を聞くことが増えて、母の歳を意識し始めた八年でもある。母はもともと太陽ではなかったのだろうかと思うこともある。

月の人、日々形を変えてまるで手に負えない。時折、ルナティックに後悔にさいなまれているのだろうか……と心配である今日この頃である。

大きな天災、そして人災が起きたこの国、真の指導者が不在のままで生きる時代に突入した。悲しみを手放し、新しい時代に入ることを怖がらないで進んでほしいと娘たちにそう伝えよう。悪い連鎖を生み出す怒りや恨みや意地悪はすべて一度思い切り捨てて、喜びや優しさを受け入れてごらん。生きていくのは大変だけれど、魂の遺伝があるのなら、あなたたちはママの子だから大丈夫だと励ましてあげたい。


目を閉じるともうずいぶん前に失ったように思っていた我が家の庭が出現する。

美しい木々の葉や美しい花々が一斉に咲いて、五月の風を受けて気持ち良さそうに揺れている。さわやかな季節の中で、蝶《ちょう》や鳥たちがその木々を飛び回っている。ああ、失ったと思っていたものはここにあったのだ。自分から捨てさえしなければ、無くなったものはいつか必ずまた私のもとに戻るであろう。

私はむせかえるような緑の中で、大きく深呼吸して安堵する。しばしの休憩を取って今度は喜びを受け入れる……その準備を始める季節がやってくる。
私はこの美しい月に生まれたことを誇りに思う。

二〇一八年五月

井上麻矢

西舘好子（にしだて・よしこ）

1940年、東京・浅草生まれ。NPO法人「日本子守唄協会」理事長。大妻高等学校卒業後、電通勤務。61年、井上ひさし氏と結婚。三女をもうける。82年、劇団「こまつ座」を結成、プロデューサーとして劇団を運営。85年、第二十回紀伊國屋演劇賞団体賞（こまつ座）受賞。86年、井上ひさし氏と離婚。89年、劇団「みなと座」を立ち上げる。95年、第三回スポニチ文化芸術大賞受賞。30年にも及ぶ数多くの演劇の主宰・プロデュースを経て、幼児虐待、DV（家庭内暴力）など、子どもと女性問題への社会活動に取り組む。2000 年、日本子守唄協会設立。現在は女性史の一つともいえる子守唄に取り組んでいる。著書に『表裏井上ひさし協奏曲』（牧野出版）、『こころに沁みる日本のうた』（浄土宗出版）、『家族戦争　うちよりひどい家はない!?』（幻冬舎）など多数。井上麻矢の母。

井上麻矢（いのうえ・まや）

1967年、東京・柳橋生まれ。株式会社「こまつ座」代表取締役社長。千葉県市川市で育ち、御茶ノ水の文化学院高等部英語科に入学。在学中に渡仏。パリで語学学校と陶器の絵付け学校に通う。帰国後、スポーツニッポン新聞東京本社勤務。次女の出産を機に退職し、様々な職を経験する。2009年7月よりこまつ座支配人、同年11月より代表取締役社長に就任。12 年、第三十七回菊田一夫演劇賞特別賞（こまつ座）、第四十七回紀伊國屋演劇賞団体賞（こまつ座）、イタリアのフランコ・エンリケツ賞（こまつ座）受賞。14年、市川市民芸術文化奨励賞受賞。15年、父の井上ひさし氏から語られた珠玉の言葉77をまとめた『夜中の電話――父・井上ひさし最後の言葉』（集英社インターナショナル）、自身が企画した松竹映画の小説版『小説 母と暮せば』（山田洋次監督と共著、集英社）を連続刊行。16年、『マンザナ、わが町』で第二十三回読売演劇大賞優秀作品賞（こまつ座）受賞。17年、こまつ座が『きらめく星座』の成果により第七十二回文化庁芸術祭演劇部門大賞（こまつ座）受賞。西舘好子の娘。

女《おんな》にとって夫《おっと》とはなんだろうか

2018年6月5日　初版第1刷発行

著者　西舘好子《にしだてよしこ》　井上麻矢《いのうえまや》

発行者　塚原浩和

発行所　KKベストセラーズ

〒170-8457 東京都豊島区南大塚2-29-7
TEL 03-5976-9121（代表）
http://www.kk-bestsellers.com/

カバー・口絵写真　池田エイシュン

カバー・本文デザイン　こじまさき for bodydouble inc.

編集協力　(有)海風社

印刷所　近代美術株式会社

製本所　株式会社フォーネット社

DTP　株式会社三協美術

ISBN 978-4-584-13848-9　C0095